Chasing the Monsoon: Dispatches from India and Southeast Asia

沿着季风的方向

从印度到东南亚的旅程

刘子超 著

人民文学出版社

图书在版编目(CIP)数据

沿着季风的方向:从印度到东南亚的旅程/刘子超著.—北京:人民文学出版社,2018
ISBN 978-7-02-014749-6

Ⅰ.①沿… Ⅱ.①刘… Ⅲ.①游记—作品集—中国—当代 Ⅳ.①I267.4

中国版本图书馆 CIP 数据核字(2018)第 294663 号

责任编辑	文　珍
装帧设计	陶　雷
责任印制	徐　冉

出版发行	人民文学出版社
社　　址	北京市朝内大街 166 号
邮政编码	100705
网　　址	http://www.rw-cn.com
印　　刷	三河市中晟雅豪印务有限公司
经　　销	全国新华书店等
字　　数	152 千字
开　　本	787 毫米×1092 毫米　1/32
印　　张	9　插页 9
印　　数	1—10000
版　　次	2019 年 7 月北京第 1 版
印　　次	2019 年 7 月第 1 次印刷
书　　号	978-7-02-014749-6
定　　价	42.00 元

如有印装质量问题,请与本社图书销售中心调换。电话:01065233595

目　　录

穿越北印度的火车之旅(印度)—1

我私人的佐米亚(掸邦)—46

边境风云(柬埔寨)—73

开往蒲甘的慢船(缅甸)—86

死在爪哇也不错(印度尼西亚)—110

白色大象(老挝)—154

跳岛记(菲律宾)—168

曼谷下大城(泰国)—226

抵挡印度洋的堤坝(印度)—239

穿越北印度的火车之旅

印度是不能被评判的。印度只能以印度的方式被体验。

——V. S. 奈保尔

1. "百年纪念"特快:新德里(New Delhi)—阿姆利则(Amritsar)

印度人告诉我,如果想了解真实的印度就要去印度的农村。我以为这并非完全准确——因为印度人已经把他们的农村搬到了火车站。

在新德里火车站的候车大厅,鸽子扑簌着翅膀飞进飞出,把羽毛和粪便毫不留情地撒在安之若素的旅客身上。门外是烈日与噪音。人力三轮车、"大使"出租车、摩的,像一个个愤怒的原子做着"布朗运动",但似乎又保持着一种奇怪的秩序。水牛悠闲地把脑袋伸进垃圾堆,寻找烂菜叶,旁边还有两只正在抓跳蚤的猴子。它们在印度都被视为圣物——湿婆的坐骑和毗湿奴的帮手。

来印度之前,我读到过不少关于印度崛起的报道。它们像一种背景音乐,充满了极具催眠效果的旋律。但在新德里火车站,我却看不到任何现代化的迹象。一切似乎和1897年马克·吐温在《赤道环游记》一书中描述的场景一样:"在火车站,沉默的寄居者带着简陋的行李和家什,坐在那里等待——他们在等待什么呢?"

我在人体迷宫中左冲右突,像玩着童年时代的"跳房子"游戏。到处是打地铺的人,老老少少,把这里当成"爱的港湾"。他们似乎早已适应了这样的生活:有的裹得严严实实睡觉;有的坐在地上安详梳头;有的在水龙头下愉快冲凉;有的生火做饭;有的目视远方;有的从编织袋里拎出一个几个月大的孩子……很多人的表情中带着四川人所说的"安逸"。

对现代化的定义,印度人一定比我乐观。对于眼前的情景,他们充满了熟视无睹的平静,在这座没有围墙的"村庄"来去自如,巨大的车站仿佛俄国现代舞台上象征派的伟大布景。

"这是印度人待人处世的典型态度,"V. S. 奈保尔写道,"这种心态在其他民族中肯定会引发精神错乱,但印度人却把它转换成一套博大精深、强调消极、超脱和接受的哲学。"

我被裹挟在人流里,呼吸着混合了垃圾、霉斑、人体和咖喱味的空气——那是人性的气息、印度的味道。

"感受异国情调的首要工具是嗅觉。"T. S. 艾略特曾说。如果他没有去世,我真想告诉他,这话可靠得如同久经考验的共产主义战士。

穿过形式主义、敷衍了事的安检,我看到足足长达一公里的"百年纪念"号列车。它横亘在1号月台下,每节车厢上都标示着等级。从普通座席(Non-AC)走到豪华空调舱(EC),你走过的绝不仅是几百米的距离和相差五倍多的票价,更是两个泾渭分明的阶级。空调舱的人大都是新兴的中产阶级,他们富裕、有教养、说英语,是时代的受益者,而普通座席的乘客则是印度的普罗大众,是那些经常在电视里出镜,坐在车顶上、吊在车厢外的老百姓。

印度的铁路已有158年的历史。1853年4月16日,孟买到塔纳31公里的铁路线开通,宣告印度开启了现代化的进程,而彼时的中国还在经历太平天国起义的阵痛。

最初,英国殖民者们怀疑,在印度这个充斥着苦行僧和乞丐的国度,是否有必要修建铁路。他们付得起车票?他们有提高生活节奏的必要?最重要的,他们会选择火车而不是牛车?种姓制度也是一大难题。人们会允许"不可接触者"与婆罗门并肩坐在一辆火车里吗?

1843年,印度总督达尔豪西勋爵力主修建铁路。很多印度人至今引以为豪地记着达尔豪西的一段话:"伟大的铁路系统必将彻底改变这个烈日下的国度,它的辉煌和价值将超越罗马的渡槽、埃及的金字塔、中国的长城,以及莫卧儿王朝的寺庙和宫殿。"

然而,对我来说,选择铁路作为印度旅行的工具,除了一睹"超越长城"的辉煌之外,更因为它至今仍是印度最可靠的交通方式——尽管它惯于晚点,与中国的高铁相比也相形见绌,但比起破败的公路,它却可以较为舒适地把你送到印度的任何一个角落。

另一方面,一列火车就像一座移动的巴扎、一个微缩的社会、一家舒适的旅馆、一段充满未知与不确定性的旅程。当"铁公鸡"一路鸣叫,绝尘而去,你既可以饱览沿途风光,也有机会遇到各种各样的乘客。

——比如辛格先生。

他戴着厚厚的眼镜,看人时眼珠几乎都躲到镜片上方。我一坐下来,他就告诉我,从新德里到阿姆利则——从印度的心脏到印巴边境——这趟城际特快只需要9个小时。

辛格先生是旁遮普人、锡克教徒。他穿着衬衫、西裤,蓄着大胡子,戴着红头巾。和我说话时,他打开万宝龙皮包,拿出黑莓手机,腕子上是一块金光闪闪的手表。

锡克教徒是印度最容易辨识的族群。他们戴头巾、不剃发、穿某种短裤、戴钢制手镯、使用辛格（Singh）作为姓氏，意为"狮子"。这些标记让一个锡克男人永远不会忘掉自己的身份。

锡克人以勇猛善战著称，这与他们倡导以暴力抵抗迫害的宗教传统密不可分。然而，有些锡克人也非常温柔，比如我身边的辛格先生。火车一开，他就打起了电话。语调温软，简直让人怀疑不是从他那强壮的、毛发浓重的身体里发出的。

我不由想起两则关于锡克人的笑话。一则说，一个锡克人准备移民加拿大，被告知要先和一只狗熊摔跤，再强奸一个印第安妇女，以此来证明自己能做一名真正的加拿大人。一个月后，这位头巾散乱，带着一脸伤痕回来的老兄宣布："现在，我该去和印第安妇女摔跤了。"另一则笑话讲的是，一个锡克人错过了巴士，他一路狂追，最后竟然跑回了家。他得意地告诉妻子，他因此省下了50卢比的车费。他的妻子遗憾地说："如果你追出租车回来，就能省下100卢比了。"

我们的火车正在穿越号称"印度粮仓"的旁遮普平原。窗外地势平坦，一碧万顷，村落皆隐于田畴之外。有一瞬间，我甚至以为自己正在京广线上，穿越同样景色的华北平原。但与华北平原不同，在三面环海、北有喜马拉雅山脉的印度次大陆，意为"五河汇流之地"的旁遮普，是印度与外界连接的唯一陆路走廊。这一地理位置与其说是幸运，毋宁说改变了旁遮普，决定了这里从古至今跌宕起伏的命运。

在印度的历史上，每一次异族侵略，侵略者无不是通过旁遮普的门户，进入到印度次大陆。每一次侵略都伴随着杀戮与征伐，给眼前的土地留下了深深的烙印。

公元前6世纪，波斯君主最先入主旁遮普。他们在这里的统治维持了将近300年，直到公元前326年希腊的亚历山大大帝征服此地。他们留下的古代钱币至今埋在旁遮普的土地上。

公元8世纪，勃兴的伊斯兰教开始扩张，随之而来的是阿富汗的征服者。在穆斯林的统治下，旁遮普经历了一场经济、文化的蜕变。印度教的血液被强行注入了伊斯兰教的基因。伊斯兰君主热心文学和艺术，大批工匠在财富的诱惑下来到旁遮普，各种工商行会也遍布旁遮普的城镇与村庄。

16世纪20年代，莫卧儿人——成吉思汗的后裔，掌控旁遮普长达两个多世纪。其间，旁遮普人反抗不断。一个名叫那纳克（Nanak）的簿记员之子，崛起于草莽，创立锡克教，被旁遮普人称为"照亮黑暗的第一缕曙光"。然而，莫卧儿军队与锡克人的冲突持续不断，以致战争成为常态。1675年,第十代格鲁古宾信(Gobind Singh)登位,他积极改革锡克教,将入教仪式由"足洗礼"改成"剑洗礼"。"剑"开始被锡克教奉为圣物,武士成为宗教的圣徒。按照教义,每一名武士都有两把剑,分别象征世俗和精神。当和平手段失败,武装抗争就要成为锡克教徒的使命。他们遭受的代价不可以说不惨痛。从1708年至1764年,莫卧儿军队对锡克教徒进行了灭绝性的屠杀。据史料记载,每个锡克人的脑袋都被定下了价格。十世格鲁的两个儿子也被莫卧儿人用砖块砌起来活活闷死。锡克人躲进深山,直等到莫卧儿王朝亦风雨飘摇,他们才在兰日信大王的带领下成立了锡克教帝国。

这是旁遮普最后的辉煌,辉煌得如同兰日信打造的那颗为世人觊觎的科依诺尔钻石(世界最大钻石之一,重191克拉)。兰日信死后,不可一世的不列颠人来到了这片土地。

两次英锡战争后,兰日信的儿子被带到英国,同时被带走的还有那颗钻石。维多利亚女王赐给兰日信之子豪华的庄园和奢侈的生活,还做了他儿子的教母。尽管这位旁遮普的"阿斗"在晚年进行了一次反抗,但最终失败,他亦客死巴黎。

我坐的豪华空调舱票价1500卢比,当时相当于220

块人民币,还包含品种丰富的晚餐。我正在考虑要吃什么,总算打完电话的辛格先生突然向我伸出援手。

"他们有玛莎拉鸡和柠檬烤鸡,味道都不错,"辛格先生说,"你要哪种?"

"玛莎拉鸡。"

"他们还有蔬菜沙拉,要不要来点?"

"来点吧。"

"再来杯奶茶?"

"听起来不错。"

辛格先生用印地语帮我翻译给服务员,我向他表示感谢。他耸了耸肩膀,带着一副何足挂齿的表情。他喷着淡淡的香水,指甲修剪得干干净净。他说他在一家电信公司工作。因为工作关系,每月都要去香港和上海出差。他的父母在新德里,妻儿在旁遮普的卢迪亚纳(Ludhiana)。他刚从上海飞回新德里,乘"百年纪念"号回家。

"锡克教是一种非常温和的宗教。"当我和他谈起宗教时他说,"我们尊崇十位格鲁,以他们传授的《阿底格兰特》为经典,《阿底格兰特》象征第十一位格鲁。"

锡克教以公平正义和宗教自由为基本教义。早在创教之初,第一代格鲁那纳克就提出中庸之道。他认为并无印度教,也无伊斯兰教,两种宗教信仰可以融合在一起。

"我们的寺庙和佛教的寺庙一样非常干净。我们欢迎任何人,不管他们是锡克、穆斯林、印度教,甚至是没有宗教信仰的人。"辛格说,"锡克教只要求信徒内心虔诚地信仰——这就足够了,甚至不需要做各种各样的崇拜。"

"锡克教徒为什么要把头发包起来?"

"我们认为头发是神圣之物。这有点像你们中国人说的:身体发肤受之父母。"辛格微微叹了口气,"但现在越来越多的人开始不管这套了,这是印度从来没有过的状况。我相信有一天我们会为此付出代价。"

服务员端来香蕉和橙子,告诉我们火车正在经过印度最年轻的城市——昌迪加尔(Chandigarh)。夜幕下,不远处的城市用灯火勾勒出自己的线条与身影。和铁路并行的公路上,几辆铃木牌汽车被我们超越,远远甩在身后。

"让昌迪加尔成为印度天赋的第一次伟大表达,像花一样绽放在印度新取得的独立上。"这是印度首任总理尼赫鲁传达给法国建筑师勒·柯布西耶(Le Corbusier)的意图,而后者受邀在这里建造一座崭新的城市。

从没有哪位建筑师拥有这样的机会来实现自己的美学抱负。柯布西耶1951年2月第一次涉足印度,仅4天之后,他就拿出了一套蓝图:使整座城市呈现格子一般的布局。在柯布西耶看来,城市的构成应如同人体:城市北部的建筑群代表城市的"头部",市中心是"心脏",大学是"肋骨",绿地和公园是城市的"肺部",而窗框一般笔直、四通八达的公路是城市的"血管"。城市被分成若干区域,建立以家庭为主导的社区,以控制不同社区之间的交通流量。在其中任何居民去处理日常事务都无须步行超过10分钟。没有一个房间,没有一扇打开的门,需要面对嘈杂的交通,这是柯布西耶规划的主旨。

柯布西耶主义与印度人习惯的美学思想大相径庭,但尼赫鲁给予了他极大的认可——带着明显的政治意图。他在一首诗中写道:

> 我热切欢迎昌迪加尔,
> 这一在印度的实验。
> 很多人议论纷纷,
> 有人喜欢,有人厌恶……
> 昌迪加尔给人当头一棒,
> 它可能令你不安,
> 但它也令你思考,
> 并接受新思想。
> 在很多领域,

印度最需要的,
就是当头一棒。
这样人们才能去思考。

这时,我的身边突然出现一阵骚动。人们像母鸡看到撒在地上的玉米粒一样,纷纷跑过来,与我前面的一位老人握手。

"发生了什么?"我问辛格。

"啊哈,他是古兰姆·阿里(Gulam Ali),巴基斯坦最著名的歌唱家,在印度也家喻户晓。"

辛格告诉我,小时候他父亲开车带他去看阿里的演出,很多人挤在一间小礼堂里,而他自己收藏了一箱阿里的唱片,"他是一位伟大的艺术家。"

阿里戴着金边眼镜,穿着样式很像中山装的灰色衬衫。他听说我来自中国,便说十五年前他曾在北京人民大会堂演出过,脸上是一副天涯咫尺的神情。

由于身边已经围了一圈人,阿里散发着一种德艺双馨的气场。一位乘客带头唱起了阿里的老歌。阿里也随着众人打起节拍,脸上浮现出淡淡的笑容。他在加兰德哈下车。人们抢着帮他提行李,纷纷与他告别。在众人的簇拥下,阿里下了火车,消失在旁遮普的夜色中。

火车到达阿姆利则时,已是午夜时分。还留在车厢里的乘客,大都是去阿姆利则金庙(Golden Temple)的朝圣者。阿姆利则之于锡克教,就如同瓦伦纳西之于印度教,梵蒂冈之于天主教,是最为神圣的宗教场所。和所有的圣地一样,这里人潮汹涌,充满着神圣的世俗混乱。而作为边境城市,阿姆利则显然并非政府投资的首选。中央火车站的红砖上刻着"建于1931年"的字样,它则显得比这个时间还要饱经风霜。大厅阴郁窒闷,地上横七竖八,摩的司机和三轮车夫一起争抢着刚被火车站吐出来的乘客。

我试图感受三十多公里之外的巴基斯坦。印巴分治以后,旁遮普一分为二,边境上曾有几百万人的大迁徙。人们拖家带口,赶着牛车,腾起的尘烟绵延数十公里。

一切早已了无痕迹。曾经的呼喊和伤痛,都化作史书上的一缕青烟。锡克人很快从分割的创伤中恢复过来。用辛格在火车上的话说:"锡克人大都非常努力,他们很快成为印度最富有的群体。"他们在每个领域都干得不错,位居要津的人不在少数。举其著者如曾任印度总理的曼莫汉·辛格(Manmohan Singh)。

第二天一早,我前往金庙,因为朝圣者太多,不得不提早下车,步行走完最后一公里。一个锡克教徒把一块橙色头巾硬塞到我手里,管我要20卢比,3块多人民币。

"每个进金庙的人都要戴头巾。"他说。

我光着脚,随着厚重的人群涌进金庙。这座用镌刻经文的金叶打造的寺庙,被一片圣池环绕,金色的尖顶倒映在池水里,显得奢华无比。据说《罗摩衍那》里提到了这个地方,而佛陀早在他的时代就感受到了此地的殊胜气氛。

由于金庙提供免费住宿、淋浴、饮食、奶茶,甚至甜点,很多锡克人干脆住在这里。1982年,一个叫宾德兰瓦里(Bhindranwale)的锡克教牧师进入金庙,把这里当成自己的宫殿。他首度现身时,国大党曾给予支持,幻想利用他来对付其他政治对手,结果为虎作伥。宾德兰瓦里的胃口越来越大,他宣扬清洁锡克教的信仰,排斥印度教的救赎,即与神合一及超脱轮回的看法。他提出旁遮普独立于印度统治,成立政教合一的国家。之后,恐怖主义成为他表达信仰的方式。他从巴基斯坦私运军火,暗杀印度教徒,抢劫银行,没人敢动他一根汗毛。

1984年6月,经历了毫无结果的谈判,时任印度总理的英迪拉·甘地下令军队进驻金庙,剿灭宾德兰瓦里及其追随者。军队遭到强硬抵抗,因为不敢攻入金庙,他们的还击只能造成平民的伤亡和金庙的损坏。最后,军队请求装甲车支援。担心事态扩大的英迪拉·甘地犹豫不决,但最终批准了请求。13辆装甲车在金庙前一字排开,宾德兰瓦里的追随者用反坦克火箭和燃烧瓶回击。

几天后,宾德兰瓦里弹尽粮绝。他对追随者说:"愿意做殉道者的跟我走!"他带着50名死士,手持冲锋枪从掩体中冲出,立刻被军队猛烈的扫射打成了筛子。加上双方之前已经被打死的600多人,金庙尸横遍野。

圣地惨遭亵渎的消息引起锡克教群体的强烈不满。更有谣言说,占领金庙的印度教士兵在里面喝酒、抽烟。英迪拉·甘地遭到抨击,军方也不得不承认他们本能找到更好的办法孤立宾德兰瓦里。

锡克教的复仇行动不断发生,新德里到处部署着荷枪实弹的警察,但锡克人还是找到了机会。10月的一个清晨,毫无防备的英迪拉·甘地被她的两个锡克保镖刺杀身亡。如今,那面溅满血迹的墙壁和它背后的故事,依然保存在新德里的英迪拉·甘地纪念馆。

在烈日下,人们像压缩饼干一样排着长队,等待进入金庙内部。他们最多在里面待上3分钟就要给后面的人让路。食堂里,三十多个厨师正在用铁锹做饭,四十多个刀工在削十几麻袋土豆,五十多个洗碗工在洗着数不胜数的餐具。在不锈钢的碰撞声里,锡克朝圣者们坐在、躺在、跪在地上,等待开饭……

我决定离开。我打了一辆摩的来到火车站,立刻像一滴水,被人潮淹没。

2. 8104号快车:瓦伦纳西（Varanasi）—格雅（Gaya）

在印度旅行多日以后,我发现最大的挑战不是到达一个地方,而是怎样到达。

我很少选择飞机,因为飞机把旅行简化为从一个景点到另一个景点的乏味转换。身在印度,但又和印度毫无关系。我也很少选择长途大巴。印度的路况之差、超载之严重,往往让我还没上车就已心生绝望。

刚开始,我租过几次车。那是在印度最贫穷的北方邦,与尼泊尔接壤的地方。我还记得我坐在那辆"塔塔"牌轿车上,手心始终处于冒汗状态。车内的劣质音箱轰鸣着印度歌曲,司机不时揉揉发红的双眼,在高速行驶的情况下就打开车门,把一口痰吐在地上。他从不观察后视镜或侧后视镜——实际上,和很多印度司机一样,他把侧后视镜折了起来。而且只要遇到会动的东西,他就要鸣笛。一路上都是花花绿绿的重型卡车,后面粉刷着"鸣笛"或者"请按喇叭"的卡通字体。一看到这些卡车,印度司机们就格外兴奋,迫不及待地按起喇叭,仿佛这是在印度开车的最大乐趣。甚至在无人的旷野,他们也习惯性地鸣笛,让汽车发出一声声宣告势力的哀嚎。

坐了几次汽车之后,我变得几乎神经衰弱。这使我最终决定买一本列车时刻表,开始火车之旅。

第一次到瓦伦纳西车站,我就感到非同寻常。

那是凌晨5点,天空刚刚破晓,车站却似乎早已一片喧闹。缠着红头巾的苦力,用脑袋顶着行李快走;卖奶茶和咖喱角的小贩吆喝不停;乘客们打着哈欠下车,花1卢比买一根长10厘米的树枝当牙刷,把绿色的唾液吐在站台上。站台下是五颜六色的垃圾和人体排泄物,老鼠们在其间快乐地寻找食物。

在中国,我已见不到这样的场景。每当火车快进站时,乘务员都会毫不留情地把厕所门一锁,任谁也别想使用。但在印度——世界上人口最多的民主国家,谁也不能剥夺人民排泄的自由。火车上,一位英俊的婆罗门就对我说,站台下的景象不仅不应视为对尊严的侵犯,还应看作是对自由的表达。

火车站外的广场上停满了寻觅客人的摩的。在昏黄的路灯下,它们和城市一起被简略成一片低矮的剪影。空气中飘着牛粪和硫黄的味道。我不由想起世界印度教大会激进分子苏尼尔·曼辛卡的一句话:"神存在于牛粪中。"

牛是湿婆的坐骑,而瓦伦纳西正是"湿婆之城"——印度教最神圣的地方。这座中世纪的城内有两千多座印度教寺庙。每天有成千上万的朝圣者涌到这里。他们生时希望在恒河沐浴,死后梦想把骨灰撒进恒河。7世纪,玄奘大师来到这里,看到人数远超过佛教徒的湿婆派修行者从事苦行,求证生死。在《大唐西域记》里,他形容这里"间阎枥比,居人殷盛,家积巨万,室盈奇货"。

如今,瓦伦纳西依旧繁华,以致交通堵塞成为无解的难题。当三轮车、汽车、摩托车、三轮摩托车、马车、牛车、圣牛、人和流浪狗一起挤在并不宽敞的马路上,你只能把目光移向天空,告诉自己如果"瓦伦纳西的每颗石子都是湿婆的化身",那么你眼前的一切一定也都是无比神圣的。

黎明时分,我坐着一叶小舟,在恒河上漂流。一位印度教的苦行僧曾希望把恒河之水从天上引下凡间,以净化人们的灵魂。恒河女神答应了他的要求,可水势太大,会淹没一切。苦行僧继续苦行,终于感动了湿婆。他让浩瀚的恒河水流经自己的头顶,在他的发髻中,河水变成涓涓细流。它纵贯3000余公里,成为印度文明的发源地。

此时,有人点亮荷灯。一盏盏荷灯顺流而下,像载着一个个往生的魂灵。一轮红日在对岸的白沙滩上喷薄欲出。我看到瓦伦纳西老城沉浸在半明半暗的光影中,仿佛是由火车站里那些黑瘦的双手所建,带着一种即兴的、未完工的壮美。

码头石阶上,朝圣者们一边双手合十祷告一边洗澡,不少人眼中含泪。不远处是火葬台,尸体的黑烟伴着乌鸦的鸣叫随风飘逝。

太阳升了起来,恒河一片金色。在如梦如幻的薄雾里,我突然看到一群人影——没错,我揉了揉眼睛——他们撩起印度长袍,像罗丹的"思想者",正迎着朝阳,蹲在河边拉屎。

我再次感到瓦伦纳西的不同寻常。圣雄甘地说:"散布在这块土地上的,并不是一座座景致优美的小村庄,而是一坨坨粪便……由于我们不良的生活习惯,我们污染了神圣的河川,把圣洁的河岸变成了苍蝇的孳生地……"一切都未曾改变,我甚至感到印度的力量正来自印度人这种近乎本能的生命延续感。

在藏传佛教里,有这样一则故事。一天,龙树菩萨的弟子提婆在恒河沐浴的人群中,洗一支装满脏东西的瓶子。当时还是婆罗门的马鸣问他:"你为什么只洗瓶子表面,而不管里面的污垢?"提婆反问道:"人们通过沐浴能洁净身体,可是能洁净内心吗?"

这是我去鹿野苑的路上读到的故事。它表现了一种典型的佛教思维——对婆罗门正统观念的消解和反叛。但佛教同样强调忍辱和非暴力,所以它最终抵挡不了印度教和伊斯兰教的双重鲸吞——距瓦伦纳西10公里的佛教圣地鹿野苑,如今变成了一座遗址公园。

在残垣断壁间的大树下,我看到了很多情侣,让人意识不到正是在这里,佛陀首次开示了他在菩提树下发现的一切:我们并不知道痛苦到底是什么。任何我们认为会让自己快乐的事物,若不是在痛苦边缘摇晃,就是瞬间变成痛苦的因。要认知世间明显的痛苦,相对上比较容易,但是要感知在轮回中某些人所拥有的所谓"美好时光"其实就是痛苦,或将会导致痛苦,却相当困难。痛苦并非从外在的来源降临到我们身上,而是我们自己情绪反应的产物。不论我们受了多少痛苦,不论我们感觉那个痛苦及其原因有多么真实,它其实是一种幻象,并非真实存在。佛陀告诉他的信徒,这个真谛是我们自己可以完全领悟的,不仅如此,他还指出了一条可以遵循的道路。

为了缅怀佛陀,我花了10卢比,相当于1.5元人民币,进入鹿野苑。这里只有几个铁笼,里面养了些飞禽,最珍贵的是两只鹈鹕。旁边的小树林里,还有三只鹿,一只过来讨食,两只趴在树下。正当我掏出相机,准备记录佛历2555年的鹿野苑时,一个穿着印度长袍的精瘦男人从一棵树下走了出来,眼睛里闪着鬼祟的光。

"朋友,需要帮助吗?"——印度人民习惯以"朋友"作为句子的开头,不管后面要讲什么,大有一副"四海之内皆兄弟"的气势。

"不,谢谢。"

"我有一尊佛像,是从鹿野苑的达麦克塔上抠下来的。"他的声音与沿街叫卖果汁的小贩无异,"1500年历史,7000卢比,要多划算有多划算。"

我摇头。

他从长袍里摸出那尊石头佛像,"朋友,好吧,5000卢比就卖你。"

我加快脚步,不过很快又有一个小贩凑了过来。他手里拿着一尊看上去就粗糙无比的佛像:"非常便宜,先生!100卢比!"

我继续往前走,他也锲而不舍。一路上,他不断降低价格,由100卢比降到了20卢比,最后破碎的声音终于由叫卖变成了哀求。

"给我10卢比,先生,"他用手比画着,"吃饭。"

我拿出20卢比放在地上,趁他捡钱的空当迅速离开。一道铁栏外,一双双黑瘦的手伸进来朝我喊着:"卢比!卢比!"

——我不叫卢比,我也从未受到过如此欢迎。

佛陀入灭后两百多年，孔雀王朝出了一位笃信佛教的阿育王。他在鹿野苑树立起一座石柱，以纪念佛陀在这里初转法轮。7世纪，玄奘大师记载鹿野苑的寺庙里有小乘僧人1500名，精舍高达200余尺，四周墙壁上都有佛龛，里面供奉着黄金佛像。10世纪开始，印度教开始占领鹿野苑。两个世纪后，鹿野苑被伊斯兰教夷为平地。佛教徒纷纷逃亡。19世纪，已经沦为当地人养猪场的鹿野苑引发了英国考古学者的兴趣。亚历山大·康宁汉（Alexander Cunningham）主持的发掘工作由此启动。但那些曾经用来建筑佛寺的砖石，却被当地政府运往瓦伦纳西修建各种建筑，其中就包括瓦伦纳西火车站。

我曾问过一个来印度朝圣的缅甸和尚。如果佛陀真的具有无边愿力，为什么圣地会有那么多的乞丐，会有如此的贫穷？

"的确，佛教以慈悲为怀，但你要知道，佛教同样讲究因果报应。也许这听上去有点不妥……"缅甸和尚顿了一下，思考着如何措辞，然后接着说，"但在我看来，印度人造了太多的业。他们毁坏佛像，种下了孽缘。我认为，这是他们今生受苦的根本原因。"

"那么，缅甸呢？"

"苦难到处都是。"

我看着眼前的鹿野苑,想着缅甸和尚的话,感到一种无言的悲伤,好像我一路来到这里,就是为了目睹眼前的断壁残垣和那些挣扎在饥饿线上的人们。那些已经毁坏的、已经腐烂的,已经衰败的,显现的不是文化的缺失和挫败,就是征服者的暴虐和贪婪。

我想到佛陀的教诲:"一切建造必会崩塌;我们生命中聚合的人或物,终将离散;我们所见的世界,是自己感知的结果,它并不真实存在。"

这时,一个男人朝我走了过来。仿佛为了表明他的真实不虚,他一到我面前就开口说话了:"你是哪里人?"

后来,我得知这位拉亚帕拉先生是孟加拉人,定居伦敦。他正带着太太和儿子在印度旅游。

拉亚帕拉先生问我,对中国人来说上帝是谁?

我告诉他,在中国,有人信仰佛教,有人信仰基督,也有人信仰马克思,但大部分人没有信仰,也不把谁当作上帝。

拉亚帕拉先生并不太相信,他认为中国人一定有上帝,而且这个上帝是佛陀。我只好就此问题对他进行了解释。

"佛陀并不是上帝,而是觉者。"我说,"我们每个人都有佛性,也就是觉悟的基因。所以佛经里说,我们每个人都有成佛的可能。"

拉亚帕拉先生摇摇头,他说:"佛陀怎么可能不是上帝？即使在印度教里,佛陀也是第九大神。"他的太太和儿子站在旁边,面无表情地看着我们,好像在为这场争论做裁判。

拉亚帕拉先生站在树荫下,显出一副极力要说服我的样子,而我站在骄阳下,感到很有必要尽快结束对话。我对拉亚帕拉先生说:"佛陀是中国人的上帝,你说得没错。"

我再次回到了瓦伦纳西车站。因为人太多,只买到了去格雅的站票。

8104号快车是典型的平民专列。它从旁遮普的阿姆利则一路颠到恰尔肯德的塔塔那迦——塔塔钢铁厂所在地,需要34个小时。在我上车以前,它已经在路上吭哧了一天一夜。在瓦伦纳西,它将停靠15分钟,把已经饱和的载客能力再强行提高几个等级。

如今,我手里攥着的这张二等舱站票,已经因为紧张的心情而变得汗迹斑斑,像一根发软的面条。因为我想到甘地写过的情景:

"人们像对待羊一样地对待三等车厢乘客,他们的舒适是羊的舒适。"甘地接着质问道,"一等车厢的票价是三等车厢的5倍,可三等车厢的乘客是否享受到了五分之一,甚至十分之一一等车厢的舒适呢?"

尼赫鲁也说:"即使看别人坐三等舱也是一件痛苦的事情。"于是1974年,他的女儿英迪拉·甘地把三等舱改名为二等舱,但这不过是一段偷换概念的历史,丝毫无法平复我的心情。

车厢里果然已经人满为患。我上下左右环视了一圈,视线所及无不坐满了印度同胞。他们大都穿着破旧的衬衫,我一进来,他们的身体和目光就围了过来。他们从没见过中国人,当我告诉他们我是从中国来的旅行者时,他们把我围得更紧了。

叫卖奶茶的小贩从人群中挤了过去,一只老鼠趁乱爬出了窗子。一个14岁的男孩主动和我攀谈起来。他说他叫阿密特,种姓是婆罗门。

在印度,种姓制度已于1947年废除,但这并不是一次简单的精神松绑。在世俗生活层面,种姓仍然具有很强的约束力。尤其是在这趟火车穿越的北方邦和比哈尔邦,种姓的割据仍然十分严重。

因此,我能理解阿密特说到自己是婆罗门时,语气中含有的一丝骄傲。他还在上中学,和大多数印度年轻人一样,未来的理想是做软件工程师。可当我问他,要当软件工程师,最重要的科目是什么的时候,他脱口而出的答案却是:"英语。"我问他为什么。

"如果懂英语,你就能去世界上的任何地方,"他说,"而且和中国相比,印度的最大优势也是英语。"

"如果能去世界上的任何地方,你会去哪儿?"

阿密特想了想,回答道:"孟买。"

我问起他的老家北方邦,他摇了摇头。"这里穷人太多,他们拖住了社会的后腿,"阿密特说,"我父亲经常教育我,学好英语,将来去孟买工作。"

这与我在中国很多县城里听到的答案几乎如出一辙,只需把孟买改为上海或者北京。只是我一时还搞不明白,学好英语和去孟买究竟有多大的必然联系。但或许对于一个远在印度最落后邦的年轻人来说,去孟买的迫切性与学好英语的重要性是等量齐观的。

"你的英语已经很好了。"我对阿密特说。虽然我知道一个中国人对一个印度人英语的夸奖并不太具有说服力,但阿密特还是得意地冲坐在旁边的父亲挑了挑眉毛。

阿密特的父亲递上一张名片,我也只好回赠了一张。在这个热浪袭人的舱位,拥有名片是一件罕有的事,交换名片则更显得煞有介事。因此周围人的目光都集中在我们手上的两张小卡片上,仿佛它们是两只名贵的小鸟,稍不留神就会夺窗而逃。

名片上写着,阿密特的父亲是德国贝尔医药公司驻

25

印度分公司的市场营销员。

"生意不好做。"阿密特的父亲抱怨道,但他或许意识到和我说这些也于事无补,便转变了话题,问我中国和印度哪个国家的穷人更多。

在印度旅行,我经常遇到一些问题。比如,你对印度的印象如何?中国与印度哪个更好?中国与印度谁未来更有希望?一般来说,我只需大而化之地谈两句就足以应付这类交谈了。

但这一次情况有点复杂。有整整一车厢的听众围着我,目不转睛地盯着我和阿密特的父亲,阿密特又十分及时地将他父亲的问题转译为了印地语,这更加让我感到怎么回答都有些为难。

最后我只好使用外交人员的惯用招数:"据我了解,印度的穷人要多一些,但印度正走在高速发展的道路上,情况会越来越好。"

对于我的回答,印度听众表示满意,他们纷纷议论起印度和中国的前景。在一个拥挤得像罐头一样的二等车厢,讨论国家前途是第二件相当奇特的事。

透过没有玻璃的窗棂,风吹打在我疲倦的脸上。我看着火车穿行在恒河平原:农田、农民、水牛、村庄不断重复,像一幅单调的壁画。我想到佛陀也曾走在这片土地上,而这里的景色恐怕从佛陀时代起就没有发生过太大变化。

火车即将到达格雅。我想到在印度最畅销的小说《白老虎》里,印度作家阿拉文德·阿迪加(Aravind Adiga)写了一个叫巴尔拉姆的年轻人。他就出生在离格雅不远的小村庄里。作为低种姓人家的孩子,尽管他是班上最聪明的学生,却不得不为了生计辍学去茶铺打工。他一心想着离开家乡,摆脱黑暗和贫穷,后来终于闯入了大城市新德里,成为有钱人家的司机和仆人。他看见腰缠万贯的主人与跟他一样身份低下的仆人在大都市里积极钻营。在蟑螂、水牛、客服中心、妓女、三千六百万零四个神、贫民窟和购物中心之间,巴尔拉姆的内心世界发生着变化。他想做一名忠仆,但沸腾的欲望却促使他琢磨老虎该如何挣脱牢笼。他最终杀死了他的主人,逃往 IT 之都班加罗尔。

这本书获得了 2008 年的布克文学奖,或许是最能隐喻这片土地的小说。

"你能不能把名片还给我?"当我终于准备下车时,阿密特凑过来讪讪地对我说,"我父亲说,他只有这么一张名片。"

3. 登山火车：大吉岭
(Darjeeling)—古姆(Ghoom)

3月中旬,我来到了大吉岭。在1963年制造的蒸汽机车上,头戴棒球帽的工人正把煤块铲进炉膛。黑烟裹着煤渣,随风飘向大吉岭火车站入口。一对避之不及的英国夫妇掩口冲出,像刚从二战电影里逃生的幸存者。

此时,印度大部分地区的气温已经接近35度。而在大吉岭,天气依然凉爽清新,太阳明晃晃地照射着山间的茶园,走在街上的人们还穿着夹克和毛质长裙。

这里距加尔各答490公里,从殖民时代开始就是英国人的避暑胜地。上世纪初,拥有25000人口的大吉岭,常年定居的英国人就有将近3000人。

"英国人热爱大吉岭,"布莱尔先生一边用湿纸巾擦脸一边说,"大吉岭是远离家乡的故土。"

布莱尔先生和太太来自英国利物浦。童年时代,印度任职的父亲就带着布莱尔先生来大吉岭避暑。1947年印度独立后,他们一家人迁回英国。半个多世纪过去了,这是他第一次回到印度,回到大吉岭。

"大吉岭几乎没有发生什么变化。"布莱尔说。

的确,英国人在这里兴建的教堂、学校和会员制俱乐部,如今依然屹立在大吉岭的日常生活中。大吉岭保持着一种老派的气质,像戴着夹鼻镜的祖母,低头从镜片上方看你。很多英国人回到这里——像布莱尔这样的老人。大吉岭凝聚着他们这代英国人的集体记忆——关于优雅生活和殖民地的记忆。

这列编号为791号的蒸汽机车只有两节车厢,每节车厢15个座位,几乎全被游客占领了。也难怪,它是世界上唯一仍在运行的高原蒸汽火车,行驶在宽约60厘米的窄轨铁道上,看上去像是一个玩具。蒸汽机的嘶鸣声清晰可闻,蒸汽的阴影像浮云掠过铁轨。我坐在车厢里等待出发,像儿时等待高压锅里的炖肉。

火车鸣响了汽笛,终于缓缓启动。车厢开始剧烈抖动,玻璃窗框震颤不止。

"啊,我的上帝!"我听到布莱尔太太的声音:"太棒了!"

火车穿行在大吉岭的街道上,速度不快,但蒸汽机的声音却足够惊心动魄。随着速度加快,它的轰鸣也愈发响亮,像在发出抗议。我怀疑它就要罢工,把一车人抛向山间。

窗外,深湛的峡谷云雾缭绕,大吉岭镇沿西瓦利克山的圆锥面平铺开来。在煤渣不断灌进车窗的噼啪声中,我看到布莱尔先生露出怀旧的微笑,仿佛回到了五十多年前那个漫长的印度之夏。

大吉岭以红茶和铁路闻名于世,它们都是英国人的馈赠。在此之前,大吉岭的历史只与尼泊尔、不丹、锡金有关。直到19世纪初,大吉岭还由不丹和锡金轮流统治,而山下的雷布查人村庄则处在尼泊尔王国的控制下。

1828年,一个英国东印度公司的代表团前往锡金。他们途中在大吉岭停留,选中此地作为英国士兵的疗养地。1835年,东印度公司与锡金签订了租约。亚瑟·坎贝尔医生和罗伯特·纳皮尔中尉负责在此创建一个山中避暑地。

此时,东印度公司与中国的茶叶贸易正如火如荼地进行着。每年买卖茶叶的收入已占到英国整个财政收入的十分之一。1833年,东印度公司丧失了在中国的茶叶垄断权。为了找到中国茶的替代品,它们决定将茶叶种植引入印度。

1834年,英国茶叶协会秘书长戈登"被派往中国,带回种子和栽培技术"。种子首先被送到加尔各答,然后分发至印度的不同地区。

清政府颁布严苛的法律,严禁茶叶种植技术泄露,违者处以极刑。英国人只得贿赂一些中国农民,在他们的带领下,秘密潜伏在茶山附近。不知出于何种目的,这些农民向英国人解释:在中国,肥沃平坦的土地都用来种植粮食,茶树只种植在不适宜粮食作物生长的山间,让那些被铁链拴住的猴子去采摘茶叶。英国人对此深信不疑。他们把茶树种植在大吉岭最陡峭的山坡上,训练猴子去采摘茶叶。不过,很快他们就明白,自己被中国人当成了猴子。

英国人从加尔各答集合那些卖面条、修鞋的中国小贩,把他们送到大吉岭,想当然地认为所有中国人都懂得种茶技术。英国人的美梦又一次破灭,那些无处可去的中国人只好被迫留在大吉岭,继续做他们卖面条、修鞋的生意。

后来,一个叫罗伯特的英国植物学家终于从中国找来12位有经验的茶农。在这几名中国茶农的帮助下,1838年,印度种植的茶叶第一次运回英国本土。

从那时起,茶园开始遍布大吉岭。由于找不到足够的人手,英国人别出心裁地把印度中部德干高原的土著迁移到大吉岭。他们的依据是,德干高原与大吉岭处于同一海拔。这些土著适应不了大吉岭寒冷潮湿的气候。他们白天干活,晚上逃跑。为了不被英国人抓到,他们宁愿躲进喜马拉雅的深山密林。据说,这些人的后裔至今仍生活在那片森林里。

走投无路的英国人只好把目光投向尼泊尔。他们用羊毛围巾、靴子、银币做成的扣子笼络人心。这一招果然奏效。成百上千的尼泊尔人开始涌向大吉岭。正是这些尼泊尔人，最终成就了大吉岭红茶今日的荣耀——"当下午钟敲响四下，世上的一切瞬间为茶停止。"

"10分钟。"乘务员一声吆喝。

此时，火车正停在大吉岭—喜马拉雅铁路的巴塔西亚环（Batasia Loop），铁轨在这块山间平地上绕了个完美的圆环。圆环中央的廓尔喀战争纪念碑，像剑一样直刺天空，四周是正含苞欲放的九重葛。

大吉岭的明信片都愿意捕捉这里的景象：一列玩具火车"哐哐当当"地驶入巴塔西亚环，车头喷出白色的蒸汽，而印度第一高峰干城章嘉的积雪在天际线处闪闪发光。

乘客们纷纷下车拍照。布莱尔先生站在门口，与老旧的车厢和记忆合影。驾驶室里，一脸煤灰的司机正清理炉膛里的煤渣。我走过去，问他开了多久火车。

"129年。"他以为我在问这条铁路的历史。

"不，我是说你自己。"

"我，6年了，先生。"他咧开嘴，露出两颗白得发亮的门牙。

10分钟后，火车沿着山坡的边缘继续前进。此时，薄雾已经渐渐散去，露出峡谷里几十米高的松树林。阳光像银鱼一样跳跃，清冽的空气从敞开的窗户里吹进来，带来布提亚布斯提佛寺的经忏之声。

火车走着"Z字形"路线,布莱尔先生向妻子解释,这是为了缓解陡峭山势对火车行驶的影响。当年,这条铁路的设计师赫伯特·拉姆齐曾向妻子吐露自己面临的困难。他的妻子正要去参加舞会,于是轻描淡写地说:"你可以退回一点再接着爬。"据说,这一铁路史上的技术难题由此解决。

一个更浪漫的说法则是,赫伯特的妻子颇为生气地写信给丈夫:"看在上帝的分上,你要是推进不下去就回来。"当然,她是指如果推进不下去工作就回英国。

1878年,大吉岭已经成为印度最重要的红茶产地。为了方便茶叶运输,东孟加拉铁路公司职员富兰克林提出在大吉岭铺设铁路。政府通过了富兰克林的提案,工程于第二年开始。此前,人类还没有在高山地段铺设铁路的经验。两年半后,92公里长的铁路从山下的西里古里(Siliguri)铺到大吉岭。印度总督林顿偕夫人来为铁路剪彩。据说,因为林顿太太的帽子太多,有整整一队苦力跟在火车后面为她搬运帽箱。

一句印度谚语源于当时的场景:"一个林顿已经很糟糕,几个林顿就是灾难。"

随着汽笛几声长鸣,火车驶进了古姆车站。5公里用了整整1小时——1881年的速度。

我下车,走进大吉岭—喜马拉雅铁路博物馆,里面收藏着各种遗物和纪念品。无疑,它们大都属于英国人。这里的一切似乎都表现着印度与英国的一场浪漫邂逅,如同私生子迷恋自己复杂的身世,带着一种怀旧的沧桑,但最终归于寂灭。

1948年,印度政府将大吉岭—喜马拉雅铁路收归国有。此后,因为无人管理,这里荒草萋萋,被人遗忘。1999年,怀旧的欧洲人把它评为"世界文化遗产",印度人这才意识到自己是大吉岭传奇的唯一继承人。

橱窗里展示着马克·吐温发表在报纸上的大吉岭游记,但没有关于康有为的记载。尽管1901年戊戌变法失败后,康有为曾避居大吉岭,完成了《大同书》的著述。

对于印度人和大吉岭,这段插曲无足轻重。而我站在古姆车站的茶铺外,喝下第一杯大吉岭红茶。

4."首都"特快:新德里—孟买

在印度坐火车,我曾有两个目标:一是坐一坐号称印度最豪华的"首都"特快的一等舱;二是能拥有一个完全属于自己的卧铺车厢。在新德里火车站,这两个愿望竟然同时实现了。

"首都"特快始于1969年3月1日,连接首都新德里与其他重要省会城市。它是印度运行速度最快、条件最好的火车,票价也是普通特快列车的2到3倍。因此也就排除了一般印度百姓乘坐的可能性。它的主要客群是政府工作人员和商人。

我手上的车票赫然写着"首都"特快:新德里—孟买。一上车,乘务员就告诉我,在凌晨4点到达古吉拉特的巴罗达之前,我将是这个包厢的唯一乘客。如果我愿意,他说,我可以换到已经有人的包厢去,这样晚上睡觉时就不会被后来上车的乘客吵醒。

"这对我来说不是问题。"我说——的确发自内心——更确切地说是满怀喜悦。在印度,还有什么比在一等舱里拥有12小时的独处更让人高兴呢?

列车刚开动,我就听到了敲门声。打开门,一身西装、打着领结的服务员说:"我们很荣幸与您共同完成这段旅程。"然后,他躬身献上了一朵娇艳的红玫瑰。

"坐一等舱的乐趣远胜过到达目的地的乐趣。"美国作家保罗·索鲁这么说。但我想不到"首都"特快的一等舱竟是如此"浪漫"——我有生以来第一次接下男人献上的玫瑰。

列车一头扎进拉贾斯坦棕色、干燥、块状的山丘。在夕阳下,在一片片田地间,穿着鲜艳纱丽的女人头顶储水罐子,步态旖旎地回家。孩子们沿着铁路奔跑。远处是袅袅升起的炊烟。印度像一本书,一页一页地翻开,只因我花了相当于400多元人民币的车费,我就可以坐在远离尘嚣和酷热的空调舱里观看这一切。服务员搬出小桌子,送上下午茶,有红茶、咖喱角、巧克力、三明治、杏仁和甜品。还有一份《印度时报》,里面大讲着日本福岛核泄漏事故的近况。

火车经过一个又一个小站,多数车站除了地名之外便一无所有。一个简易的字幕灯写着"巴亚纳",可巴亚纳在哪里却不见踪迹。周围越来越暗,我抬起头,看到了到印度以后的第一朵积雨云。大片灰白色的云,带着黑色边缘,堆积在天际线处。我经过的地方显然刚下过雨,到处是泥泞的积水,泛着棕黄色的水泡。但直等到了科塔,"首都"特快才真的置身云下。天空亮起一道道闪电,像有人不断划着火柴。雨斜劈在窗户上,外面是一片窒息的空旷。科塔是一座工业城市,附近有一座核电站,据说核电站的辐射量常年高于安全水平。看着桌上《印度时报》对日本核泄漏的报道,我感到这正是所有转型国家的通病:对遥远的事物津津乐道,对近在咫尺的东西却视而不见。

列车终于冲出了雨区,天空霎时开阔起来,铅铸般的星星钉锤着列车的铁皮。晚餐已经准备好:欧陆烤鸡、蔬菜沙拉、米饭和冰激凌。这之后,列车将进入古吉拉特邦的地界。

这里是甘地的故乡,也是种族冲突最严重的地区。2007年印度导演拉利特·瓦切尼(Lalit Vachani)拍摄了《寻找甘地》的纪录片。在古吉拉特邦,他重走甘地1930年为抗议英国人征盐税而进行的"食盐长征"的路线。他发现社会阶级不平等、偏执和暴力等问题,仍困扰着这片土地。

"甘地在人们的记忆中已经渐渐淡去,"瓦切尼说,"他仅有的存在似乎就是印在每一张印度卢比上的笑容。"

根据我手上的列车时刻表,"首都"特快在进入古吉拉特邦时就已经晚点1小时,可第二天一早,它却正点抵达孟买车站——真正的"印度奇迹"。正是在这里,初来印度的奈保尔惶恐万分,感到自己随时可能被印度的人潮淹没。

我并没有觉得特别震惊——有了之前的经历打底,孟买的混乱简直可以看成是井然有序的变体。它有点像上海——这也是孟买商界领袖们的设想,让孟买成为上海一样的城市。他们希望把孟买打造成世界金融中心,与新加坡抗衡。

2003年,麦肯锡公司和名为"孟买第一"的商业团体合作完成了一份报告,阐明了这一目标。报告题为《展望2020》。文中大致论述了如何通过基础设施改造、服务私营化以及贫民窟清理,实现孟买的目标。时任印度总理辛格对这个构想表示了支持,他说,把孟买改造成像上海一样的城市是他的梦想。他承诺政府将提供资源,支持这项计划。

"在私下交往中,我曾听许多金融界人士兴奋地谈起孟买如何可以成为全天候金融交易系统中的重要一环。在这个系统中,交易可以畅通无阻地从纽约转至伦敦、孟买、东京,再转回纽约。"印度问题专家米拉·坎达(Mira Kamdar)说,不过她也承认,"这些人眼中的孟买,与大多数人生活居住的孟买没有多少关系。"

这也是我在孟买的最大感触:一个心比天高却极度分裂的城市。正如印度诗人尼西姆·埃泽基尔(Nissim Ezekiel)在一首诗中写的:

> 歌唱和感觉都不适宜
> 这座绽放在贫民窟
> 和摩天大楼间的岛屿,它同时
> 精确地反映着我的思想历程
> 我来就是为了寻找理解它的路径
> ——《岛》

"孟买发展很快,几乎每星期都有一座新楼拔地而起,"在"首都"特快上,巴罗达上来的孟买商人第二天一早对我说,"你应该去看看克拉巴和马拉巴尔山的高尚住宅区。"

但我已经有了自己的路线。在孟买的生命线——西站和中央车站延伸出去的两条铁路干线之间,坐落着一个叫"达拉维(Dharavi)"的地方。

"这是亚洲最大的贫民窟。"出租车司机对我说。他刚把车停到达拉维的边缘,一片规模巨大的贫民窟已经展现在我的面前。

在很多西方人眼中,达拉维就是绝望的同义词:在污染严重的米提河畔535英亩(不到5个天安门广场)的土地上挤了100万人口。在那里,每1500人拥有一间公共厕所——这个数字让人联想到的是清晨一长串人跺脚等待的场景。

达拉维之所以获得关注,是因为改造达拉维的项目已成为孟买重塑形象工程中的一部分。据报道,达拉维的开发项目是MM咨询公司的穆凯什·梅赫塔的构想,2006年获得邦政府批准。总价25亿美元的招标项目吸引了世界各地的建筑及城市开发公司。印度业界巨头和来自韩国、迪拜的企业都想分得一杯羹。看到中国深圳和苏州等地的经济开发区成功吸引了外资,促进了经济发展,印度深受鼓舞。届时,达拉维也将规划出一块经济开发区。

实际上,2005年12月,时任印度总理的辛格就宣布启动"尼赫鲁全国城市改造行动",承诺国家将拨款280亿美元,大规模修整印度的63座城市。

"印度的未来与这项空前举措的成败息息相关。"米拉·坎达说,"城市运转不灵,印度跻身发达国家行列,与中国、欧洲或美国比肩的梦想就难以实现。"

可是,当我来到达拉维,却没有发现任何改造工程的迹象。火车沿线的入口处,用废铁皮、木板搭成的棚屋上,俏皮地写着一个巨大的彩色单词:WELCOME。可是达拉维在欢迎谁呢?

不管怎么说,这是我所知的最友好、最安全的贫民窟。后来,我曾和一个来自阿根廷贫民窟的背包客谈及此事。他告诉我,在他长大的贫民窟有一句俗语:"进来,如果你想;出去,如果你能。"

"人们会把你身上所有好的东西抢走。"他欢快地说,一边用吸管喝着可乐。他从地球一端的贫民窟到另一端的贫民窟已经7年。他姐姐在老家开了一家杂货铺,不时收到他通过印度邮政寄回去的印度地毯和围巾,所得的收入又够他在印度继续优哉游哉地生活。

"我从不攒钱,"他懒洋洋地告诉我,"钱去钱来,我还是我。"

但是在达拉维,人们却不能这么洒脱地生活。穿过那些幽暗的小巷,我的头顶上布满了黑压压的电线,即使是白天也看不到一点阳光。干净的饮用水依然是奢求,很多户居民不得不共用一个水龙头,为水引发的争执时有发生。在狭窄的小巷里,我看到成群光脚的小孩,他们的无忧无虑,让我既安慰又悲伤;在稍显宽敞的干道上,到处是流动的人群。我不知道他们要去哪里,可每个人都显得目的明确——除了我,看不到一个闲逛的人。

"这里叫什么?"我问一个卖木瓜的小贩。

"马腾加。"

"不是达拉维吗?"

"马腾加。"

在外人看来,达拉维是一个怪兽般的整体,整个区域都被称作达拉维。但在本地人眼中,达拉维则是由无数聚居地组成。我后来才知道,马腾加区域的居民全部都是哈里亚纳邦的低种姓达利特——"不可接触者"。他们五十多年前就开始在此地定居,其中绝大部分人在孟买从事清洁工行业。

马腾加的场景就像他们远在哈里亚纳的村庄:女人裹着头巾,在露天生火做饭,男人吸着水烟,一只瘦弱的山羊被铁丝拴在电线杆上,拼命够着一根墙上伸出来的枝杈。和中国的农民工类似,他们来到孟买也是出于生活所迫——经济的失衡和严重的环境污染,早已把他们的家乡摧毁。在孟买,在达拉维,他们希望能以一个群体的力量生存下来。这就是为什么他们只接纳同样来自哈里亚纳邦的人,这里的一切工作机会都不会流入外乡人手中。

马腾加并非特例。整个达拉维都被种姓、宗教和地域分割成一小块一小块的区域。从一个区域到另一个区域,穿越的不仅是一座贫民窟,而是整个印度社会的樊篱。

每个区域从事的工种也各不相同:有的生产皮具,有的制作陶器,有的生产甜点,有的回收塑料,有的打磨首饰。它们无一例外都是低成本、低技术含量的小作坊,但却能自给自足,甚至成为孟买经济的重要推动力。

"泰姬陵酒店卖的点心就是我们这里生产的。"在一个点心加工厂门口,工人哈吉对我说。这时,我已经快为整条街浓郁的酥油味窒息。

哈吉来自北方邦,和五个小伙子一起住在工厂对面。他说他只负责生产自己家乡的点心"咖喱角"。

"我们厂还有人来自旁遮普和西孟加拉,"哈吉说,"他们也各自生产各自家乡的特产。"

三年前,哈吉来到达拉维。他的几个亲戚已经先到一步。在他们的引荐下,哈吉得以进入这家点心厂。如今,他感觉自己已在达拉维站住了脚跟。

"我喜欢达拉维,有吃的,有住的,"他对我说,"在我们老家,很多人都在乞讨,我的生活比他们强。"

哈吉的知足常乐就像是一声印度智慧的千古回音。"做你分内的事,即使你的工作低贱;不做别人分内的事,即使别人的工作高尚。"在《薄伽梵歌》里,哈吉的祖先就这么说了。

但是,无论如何,改造达拉维的阴影依然在这片贫民窟的上空挥之不去。随着孟买的发展,达拉维的地价也在攀升。这里迟早会被铲平,为富人盖起一座座昂贵的住宅。

但所有改造计划似乎都忽视了一个事实:达拉维有成千上万像哈吉这样的年轻人。他们之所以住在达拉维,是因为他们能在这里找到工作。

从事城市规划多年的D.T.约瑟夫认为,没有把就业看作至关重要的一环,是孟买城市规划的一大缺陷。他同时认为,这并不仅是孟买一个城市的问题,而是整个印度仍然囿于英国殖民时期的窠臼。

"你规划绿地、学校、医院,却不考虑穷人的就业问题,"这位老人对媒体说,"如果为了城市发展清除穷人的就业资源,实际上就是剥夺了他们在城市某个区域生存的权利。城市被区隔成富人区和贫民窟,只有富人能享受到城市的便利,而穷人被遗忘在角落,任由他们苦苦挣扎。"

我住的旅馆离"印度门"不远。这是英国人留下的建筑,纪念乔治五世于1911年莅临印度。和大吉岭—喜马拉雅铁路一样,"印度门"和大英帝国的关联如今已成为浪漫情调的一部分。为它增色的是那些住在充满殖民风情的拱廊下的人们。这中间,最穷苦的是科利人。他们是孟买的土著,早在孟买还是小渔村时,他们就在这里繁衍生息。如今,他们房子的破败程度丝毫不逊于达拉维,而不远处就是孟买豪华的富人区。还有形形色色的马路寄居者。他们在孟买做着各式各样的工作,但却住在街上。

从达拉维回来的晚上,我在古堡区(Fort)的街上散步。整座城市已经从白日的狂乱中冷静下来。我绕过那些睡在街边的人们,那些黑瘦的男人,那些挺着肚子的孩子,那些穿着纱丽的女人,她们手上的镯子在街灯下闪着混沌的光芒。一种熟悉的抑郁感降临到我身上,就像那些漫长的午后,我坐在火车上穿越贫瘠、荒芜的土地。我感到,如果没有看到这样的景象——这无边的、永恒的悲凉——我就会对印度一无所知。

一个马路寄居者模样的人朝我走过来。我知道他想干什么,于是转身往回走。他的同伴从另一个方向包抄过来。

"大麻?"

"不要。"

"女孩?"

"不要。"

"男孩?"

"……"

我朝他甩了下手。他耸了耸肩膀,嘟囔着"生活总得有点乐子吧",消失在夜色中。

这或许是旅行最好的部分——遇到各种各样的人。毫无疑问,我在印度碰到的多数人都是这种在贫穷、生存与道德的边界徘徊不定的人。在生命的某个时刻,我们相遇,然后擦肩而过,走向各自的终点,不会再有交集。

我想起一位印度教徒对我说的话:"生命是一场幻觉。"这也让我最终停止对未来或往事的忧虑。聚会是为了告别,到达是为了启程。第二天,我将离开印度。此刻,我站在街上,看着整座城市渐渐睡去。

我私人的佐米亚

1

毛姆此前没想过去掸邦旅行。我也一样。

1922年,在离开科伦坡(Colombo)前往缅甸的渡轮上,毛姆遇到了一位旅客。他说自己在掸邦的景栋度过了五年时光。那里地处偏僻,有神秘壮观的佛塔。每个星期的大集市上,有来自五六十个部落的赶集者。他还讲述了景栋的诸多乐事,说自己哪儿也不想住,只想住在景栋。他的脸上有着长期独居偏僻之地的人所特有的落落寡合的神情。毛姆问他,景栋到底给了他什么。这位旅客回答:"满足。"

就这样,毛姆雇了骡子和矮马,出发前往景栋。九十多年后,读到这段故事的我,也萌生了去景栋旅行的想法。

不过,最终促使我上路的是耶鲁人类学家詹姆斯·

斯科特(James Scott)关于"佐米亚①"的论述。

在《逃避统治的艺术:东南亚高地的无政府主义历史》(The Art of Not Being Governed: An Anarchist History of Upland Southeast Asia)一书中,斯科特试图颠覆我们所熟知的那套基于文明进步的话语:我们总是将山地部落视为未开化的"原始部落"。他们愚昧落后,无法意识到文明的好处。国家总是试图将这些人集中到低地,以便纳入国家体制。对这些地区的征伐和统治,被视为推动文明发展的举措。

在斯科特看来,以上论述不过是一套文明话语的策略。几千年来,高地民族拒绝现代文明,选择不同于低地文明的生活方式,是因为他们希望借此逃避国家的统治。如果说,在年鉴派史学家布罗代尔(Fernand Braudel)眼里,文明与国家的概念时常混为一谈,那么斯科特则坚定地认为,在国家统治范围之外的佐米亚,有着同样的文明。

斯科特的书并没有完全说服我,不过书中的一句话,

---

① 佐米亚(Zomia):意为"山民之地",指的是历史上脱离低地政府控制的东南亚的大片山区。地理上包括中国云贵山区、缅甸掸邦、老挝、越南北部山区和泰国北部山区。这片区域大多居住着处于自治或半自治状态的山地民族。一般认为,这里是世界上最后一片没有真正被国家管理的地区。

让我下定决心去掸邦看看。

"佐米亚是世界上现存最大的,还未被完全纳入到民族国家中的地区。"斯科特写道,"它已来日无多。"

2

湄赛,位于金三角泰缅边境的泰国一侧,是一个乱糟糟的小镇。这里充斥着便宜的中国货,贩卖宝石、漆器的小贩和飞驰的摩托仔。一个换汇的小贩拦住我,问我是否需要缅币:"到了缅甸,美元用不了! 泰铢用不了!"我微笑着摆摆手,继续往海关走。泰国海关在我的护照上盖了个章。我跨过沿赛河,进入缅甸掸邦的小镇大其力。

我没有缅甸签证,但是在大其力口岸,可以申请掸邦地区的特别通行证。然而,缅甸海关的官员告诉我,我不仅要申请通行证,还必须雇佣一位全程陪同的向导,否则不能入境。

"据我了解,以前没有这样的规定。"

"规定改了。"从那张上世纪的办公桌后面,掸邦的官员投来深邃而不容置疑的一瞥。

"在哪里可以找到向导?"我问。

"出门左拐。"

果然,海关的隔壁就是一家没挂招牌的旅行社。一个圆脸、留着小胡子的掸邦男子搓着手从屋里走出来,说他可以做我的向导。他的头发油乎乎的,被枕头压变了形,虽然外面骄阳似火,可他依然穿着一件厚夹克。他叫赛齐(Saikyi Mong),他用英语对我说,做向导的费用是每天1000泰铢或30美元。

"到了缅甸,美元用不了! 泰铢用不了!"我的脑海中回响着刚才泰国小贩的话。

大概以为我还在犹豫,我听到赛齐说:"I know Shan state, I know everything! I can take you to anywhere, I can take you to the hill tribe!"("我熟悉掸邦,熟悉这里的一切! 我可以带你去任何地方,带你去山地部落!")

赛齐替我办好了通行证,我得以进入掸邦这片神秘的土地。我们穿过一个露天小商品市场,赛齐似乎和每个人都认识。他带我穿梭在花花绿绿的货摊之间,不时和涂着黄香楝粉的女摊主们有说有笑。两侧是贩卖国际大牌服装、香水和包包的摊位。作为导游词,赛齐每经过一个摊位都会对我说:"fake(假货)。"

身边到处都是穿着假名牌的人。摩托仔穿着 Lacoste 或 Paul Smith 的马球衫,女人们背着 LV 或 Salvatore Ferragamo 的挎包。到处都是奢侈品的标志,只是被砍掉了奢侈品的一切文化附加值,只剩下作为"物"的唯一属性——能用。赛齐走得满头大汗,他买了两罐红牛补充能量。我问他为什么不把厚夹克脱掉。

"一个意大利游客送给我的。"他微笑着,然后小心地把袖子挽起来。

我突然明白了,在这个遍地"名牌"的掸邦小镇,唯有这件意大利游客留下的、没有牌子的夹克,才是身份的真正象征。

赛齐31岁,做向导已经8年。此前,他在景栋的一所职业学校学习计算机。学校规定,毕业生要自费前往仰光参加毕业典礼,才能领到学位证。那是赛齐第一次也是唯一一次去仰光——坐了飞机。即便按照掸邦的标准,景栋到仰光的崇山峻岭也过于艰险了,何况还时常有山贼出没。

拿到学位后,赛齐发现在景栋根本找不到和计算机有关的工作。他开了两年杂货铺,忘掉了有关计算机的一切。在重新审视了一番自己的人生后,他决定当一名导游,带为数不多的外国人在掸邦的大山里徒步。

他能说一口不错的英语,这得益于他童年时曾跟随景栋的天主教神父学习,然而他本人是一名佛教徒。他的父母很早就过世了,三个姐姐也已经嫁人。尽管我们才认识不久,他就告诉我,他目前最大的目标是努力赚钱,娶个媳妇。

看到他和很多女摊主"谈笑风生",我问他现在有没有女朋友。

"有两个。"他微笑着告诉我。第一个女孩22岁,年轻漂亮,在大其力工作,娶她必须给女方一大笔嫁妆。另一个女孩30岁,在曼谷学过美发,现在是景栋的发型师。因为女孩年纪不小了,她的母亲希望他们马上结婚,嫁妆自然也不用给。

"你更喜欢哪一个?"

"如果有钱,我想娶第一个,"他说,"如果像现在这样,我只能娶第二个。"

"我觉得第二个更适合你。"

"第二个不用给嫁妆。"

"嫁妆要很多钱?"

"很多很多钱。"

我们去阿卡族的农贸市场吃了掸邦米粉,然后穿过尘土飞扬的街道,在市场对面等待开往景栋的大巴。从大其力到景栋165公里,全是山路,要开四个多小时。我看到几个掸邦人正把大大小小的麻袋塞进大巴的行李厢,墙上贴着昂山将军的画像,已经褪了色。

"你觉得昂山将军怎么样?"我问。

"好人。"

我渐渐发现,赛齐喜欢把事情简单地归类为"好"与"坏"。比如,昂山素季是好的,军政府是坏的;外国是好的,掸邦是坏的;景栋很糟糕,可是和掸邦的山地部落比起来,景栋却已经是"国际化大都市"。

大巴身上印着"缅甸皇家特快"(Royal Myanmar Express)的字样,看上去高贵而可靠。出城不久,我们经过一条树丛掩映的小河,赛齐指着河畔的一排木屋说,那里有很多掸邦小姐,"14到16岁,非常漂亮。"

大其力可能是整个掸邦最开放的地区,因为紧邻边境,有钱的泰国人时常开车过来,享受缅甸一侧的廉价服务。

"在那里能做什么?"

"小姐们为你倒酒,唱歌,为你服务,你可以像皇帝一样……都是按小时收费。"

"你去过吗?"

"去过一回,一个有钱的老板请客,"赛齐终于把夹克脱下来,像抱孩子似的抱在怀里,"那里……非常非常贵。"

我们翻越一座座山岭,大片的原始森林已经被砍伐殆尽,只留下光秃秃的木桩。一些掸邦人骑着摩托车上山,车轮碾过暴露的土壤,腾起成串的尘土。赛齐告诉我,这些人都是去打长途电话的。

"因为这里的山高,可以蹭到泰国飘过来的信号。"

在缅甸,手机SIM卡仍然被政府严格管制。从排队登记申请,到"摇号"拿到 SIM 卡,幸运的话需要半年以上时间。如果在黑市购买,一个普通的 SIM 卡需要将近 1000 块人民币。正因如此,很多大其力的缅甸人选择购买泰国 SIM 卡。泰国 SIM 卡不仅便宜,而且容易买到。只是当他们需要打电话时,就得骑上摩托车,到山顶接收泰国信号。

摩托车上的人向我招手,好像他们是"缅甸皇家特快"的摩托卫队。山的另一侧,烧秸秆的浓烟正雾一般弥漫在山间。阳光炽烈烤人,山路峰回路转,坐在我前面的掸邦女子终于拉开窗子,不可抑制地吐了。她怀里几个月大的婴儿开始放声哭泣。接着,"缅甸皇家特快"不幸抛锚。精瘦的售票员,摇身一变成了修理工。他熟练地钻到车下,而司机狠命地轰着油门。黑色的尾烟随风而逝,地上的阴影宛如迅疾流窜的乌云。

半小时后,我们总算再次上路,然而一路上又经历了数次抛锚。在荒凉的掸邦,"皇家"也好,"特快"也好,全都是虚幻的泡影,真正主宰一切的只有"缅甸"。好在无论发生什么,笃信佛教的掸邦人依旧谈笑如常,仿佛早已司空见惯。

我并没有觉得沮丧,反而感到一种满足——我正穿行在掸邦的群山之间,望着窗外亘古的荒凉。手机早就丧失了信号,即便是全球通的服务范围也不包括这个被世界遗忘的角落。就像当年遁入埃塞俄比亚高原的法国诗人兰波,我也体验到了一种兰波式的兴奋——那是潜入未知之境的兴奋:我轻易抹去了自己的痕迹,没人知道我身在何处。

大巴驶过信仰天主教的村落,驶过无人问津的露天温泉和一片绿洲。赛齐告诉我,那是将军们打高尔夫球的地方。我想象了一下自己在这里挥杆击球的感觉,那是一种在世界尽头的孤独感。黄昏终于渐渐降临,过不了多久,黑夜就会像一张大毯子,盖住整个世界。

大巴滑入群山间的一座小镇。这就是景栋了。荒凉安静得让人难以置信。这里几乎见不到汽车,街道在夕阳下显得十分空旷。赛齐帮我找到一家名叫"金龙"的旅馆,没有热水,没有网络,没有电,"中国和泰国之间的海底电缆断了。"老板说。

我无须负担赛齐的住宿。他借住在姐姐家,与街口的中央佛寺相距不远。我们约定半小时后,在佛寺门口碰头。

3

趁着最后的天光,我走在街上。

一个多世纪以来,景栋一直是掸邦鸦片贸易的中心,而由吸食毒品引发的艾滋病也曾在这里肆虐。赛齐在车上时告诉我,在他小的时候,几乎每个月都会有认识的人因为艾滋病死去。现在,店铺大都已经关门,整条街道空空荡荡。一个穿着掸裙的女人,正拿着笤帚,打扫门口的灰尘。街上全是掸语招牌,而非缅甸语。"掸"是缅甸人对掸邦人的叫法,掸邦人则自称"傣"。关于傣族的起源,学术界至今存在争议。一种说法认为,傣族最初起源于四川与云南交界的山区。为了躲避战乱,他们开始逐渐向东南亚离散。公元7世纪的南诏国,被认为是最后一个统一的傣族王国,其统治范围包括了今天的掸邦和泰国北部。然而,随着忽必烈大军的到来,南诏国土崩瓦解,其中一支沿着萨尔温江峡谷,进入了今天的掸邦高原。他们在山谷间建立了一系列政权,以景栋的势力范围最大,成为掸邦的中心。

掸邦从未真正统一,但在缅甸、中国和泰国的压力下,也从未丧失自治。19世纪,法国和英国瓜分东南亚,掸邦成为法属老挝与英属缅甸之间的缓冲带。换句话说,谁控制了这里,谁就掌控了与中国贸易的主动权。正是从那时起,鸦片开始大规模种植,通过掸邦与云南的通路,进入中国。

殖民时代,英国人把掸邦的行政中心设在东枝,那也是今天掸邦的首府。英国人对掸邦的控制一直持续到

"二战"时缅甸被日军占领。日本战败,掸邦曾一度同意加入缅甸联邦,但昂山将军被刺,缅甸随即陷入分裂。掸邦的武装势力希望通过武力,获得独立。战火一直不曾停息,直到缅甸军政府上台,掸邦的独立之火才最终被扑灭。掸邦也由此开始了长达半个世纪的封锁状态。直至今天,东枝和景栋之间的陆路交通仍然不对外国人开放。这意味着去景栋最经济、最可行的办法,就是从金三角的泰缅边界入境。

大巴上,我曾问赛齐,随着缅甸国门的打开,政策的放宽,他是否担心有朝一日不再要求游客雇佣向导了。

赛齐想了想,说他不担心。

"政策放宽,会带来更多的游客。到了那一天,我就离开大其力,回到景栋,开一家属于自己的旅行社。如果到时妻子能够再打理一家杂货铺,生活就太幸福了。"

赛齐的梦想并不高远,却令我动容。刚见到他时,我觉得他和那些吸游客血的小贩一样,不会有什么差别。可是随着一路的交谈,我渐渐发现他是一个老实本分的掸邦人。他渴望财富,但并不贪婪;他出身贫贱,但没有怨天尤人。国家政策的松动,更让他看到了一丝希望,看到了靠自己努力实现梦想的机会。

我付给他每天1000泰铢的费用。其中的大部分,他要交给政府,个人所得不过几十块人民币。我并不需要支付他的餐费,可是来到景栋,我想请他好好吃上一顿。

我们在佛寺门口接上头时,夜幕已经悄然降临。整个景栋居然都没有电,街上一片漆黑。一辆破车从寂静的街上缓缓驶过,大喇叭响着。赛齐说,那是在提醒人们"小心火烛"。

"我们去哪里吃饭?"

"有一家炒饭,很便宜。"

"去吃炒菜吧,我请你。"

我们在黑暗中走了一段路,到了一家靠发电机亮着灯的小饭馆。这是一家华侨开的饭馆,里面没有客人,三个女孩正坐在电视前,看湖南卫视。她们能说汉语,可是已经不知道祖上来自中国何处。

我点了几个菜,是那种缅甸菜和掸邦菜的混合体。女孩又送上鱼露和一大盘新鲜的薄荷叶。米饭管够,赛齐狼吞虎咽地吃着。

"要不要来瓶啤酒?"

"不能喝酒,我是佛教徒。"

于是,我自己点了一瓶缅甸啤酒,一边喝一边看电视里的综艺节目。电视的声音很大,整个餐馆里都回荡着夸张的说笑声。

我问赛齐能不能听懂一些汉语,他摇了摇头。掸邦的通用语言是掸语,与傣语和泰语关系很近,而与汉语和缅语有着很大不同。从名字也可以看出,景洪和景栋都曾是傣族的部落。曾经定都清迈的兰纳王国同样是傣族王国。

因为战争、迁徙和地缘政治,景洪、景栋和清迈早已渐行渐远。景洪成了中国云南西双版纳的首府,清迈成了泰国的古都,而景栋依然夹在中间,被缅甸人统治着,成为"佐米亚"的中心。

4

清晨,朦胧的天色中,我看到芭蕉树和大金塔。

大金塔在拐杖山山顶,俯瞰着景栋城中的弄栋湖。我沿着湖边散步,吊脚楼似的房子散落在湖畔。墨绿色的湖面上,笼罩着一层薄薄的雾气,映着对岸的房子和金塔的倒影。我沿湖走了一圈,没碰到几个人,更没碰到一辆车。我路过中央佛寺,看到一些信徒正走进寺门。我跟着他们走进去,只见里面有一尊巨大的金佛。信徒们跪在佛像前,初升的朝阳从窗子里挤进来,把柠檬色的阳光洒在一块红地毯上。

金龙旅社门口,两个裹着红色僧袍的沙弥,正在化缘。他们年纪不大,不过是十一二岁的小和尚。沿路店铺的主人,都在自家门前等着,好把一碗米装进僧人的钵盂。自从掸邦皈依了佛教,这样的仪式就日复一日地上演。我和一个小沙弥搭话,问他的寺院在哪里,他害羞地红了脸。

几个掸邦女人,头顶着篮子走过,让我想到今天可能是集日。每到集日,附近的山地部落都会带着各自的物产到景栋的集市上买卖。集市从早上六点开到中午十二点,等我和赛齐过去时,集市上已经人山人海。

这里集中了各族赶集的人,贩卖各种新奇未见的东西。一个摊子堆着一袋袋炸竹虫。这种生在竹子里的白色肉虫是本地美味的小食。要捕捉竹虫,必须深入竹林,用刀在竹骨上开一个大孔,将一根长木条伸进孔中,把竹虫从孔中带出来。除了竹虫,这里还卖风干的牛鞭、猴脑骨、蛇皮、牛角、山中的草药。米粉摊子正冒着热气,油锅嗞嗞作响。

我们经过一个炸油饼的小摊,摊主是华侨。见我站在那里,开口便是一句:"先生从何而来?"我被这文雅怔住了,问这位老先生来自何处。

"1948年随先父逃难至此。"老人一边把面饼扔进油锅一边回答。

"您祖上是哪里?"

"先父是广东梅县人,祖上应是洪泽湖人。"

"您说话非常文雅。"

"哪里！哪里！"老人笑起来，"逃难前才读完两年私塾。"

正说着，又走过来一位华侨，穿一件的确良衬衫，胸前别着一根钢笔。他自我介绍说叫朱国华，是景栋一所中文学校的老师。与炸油饼的老先生一样，朱老师也是广东梅县人。自从少年时代逃到景栋，就再也没有回过故乡。他养育了四个儿女，如今都已经离开景栋，在仰光工作。

朱老师能说流利的缅语和掸语，但为了不让后辈忘记汉语，他和其他华侨一起，兴办了景栋唯一一所中文学校。当老师已经有十多个年头，明年就要正式退休。他邀请我去学校看看，学校就在附近一座汉人聚居的村子里。

我答应下来。朱老师很高兴。他说："之后我们再去七八公里外的热海，泡泡掸邦的温泉。"

我们约好时间，便在集市上告别。赛齐骑来一辆摩托，准备拉我进山徒步。从景栋到大山深处，还要一个多小时的路程。

景栋实在小得可怜，我们几乎片刻就在城外了。一条破碎的土路，笔直伸向远方。路边是大片稻田，覆盖着一层尘土，水牛缓慢地拉着犁。经过一条小溪，桥是几根竹子搭成的，掸邦女人正在溪边捶打衣服。一路上几乎没看到汽车,只有一辆20世纪50年代的解放牌卡车,老骥伏枥般,晃悠着驶过。

烈日下,大地被蒸晒得闪闪发亮。我们经过一片火龙果地,看到一个牧童正骑在牛背上,赶一群水牛上山。赛齐说,这是山上拉祜人的牛,从牛的数量,可以看出一个家庭的富裕程度。拉祜人的村子较为发达,房子都是砖石盖成的。村里有座天主教堂,是当年的欧洲传教士修建的。几个小孩正在教堂前玩耍,穿得也很干净。

"因为皈依了天主教,拉祜人有让孩子接受教育的传统,这里的人大都识字。"赛齐说。

这已经算是本地最"开化"的部族,再往大山深处走,还有处在半原始状态的部落,但眼前已无路可走,只能把摩托车留在村子里,开始徒步。

5

我们沿着小径一路攀爬,有时候手脚并用。森林又厚又密,交杂着大树和藤蔓。在一片开阔处,我停下来,只见远山在薄雾中褪色成一道淡影。漫山遍野都是叫不出名字的植物,也有我能认出的芭蕉树。经过一片竹林,竹干大都被挖了洞,大概是捕捉竹虫时留下的伤痕。

走了大约两个小时,浑身早已湿透,忽然一阵山风,隐隐吹来树林深处锯木的声响。越往前走,声音越大,最后简直变成无所不在的咒语。突然"咔嚓"一声霹雳似的巨响,周围瞬间静默了两秒钟,接着便是一棵大树轰然倒地的声音,脚下的大地都在震动。我还没从惊骇中回过神儿,便见一个腰间别着砍刀的黝黑少年,从树林里钻了出来。少年见到我们,四目相对,往山上走去。赛齐告诉我,少年是爱伲人,他们的村落就在山上。

爱伲人刀耕火种,相信万物有灵。他们不信天主教,孩子不上学,部落里也无人识字。这时,从山上"呼啦啦"跑下一群爱伲小孩,正追赶一只破轮胎玩。他们全都光着脚,却跑得飞快,脸晒得黝黑,身上是又脏又破的衣服。有几个年纪小的没穿衣服,露出寄生虫造成的大肚子。

我分给他们集市上买来的威化饼,每人两块,很快就被一抢而光。我发现他们的注意力很难集中,眼神是涣散的,像一群丛林里的小动物。一个胆大的小孩走过来,拉拉我的衣袖,想再要一块威化饼,我告诉他已经没了。于是,他们就"呼啦啦"地全都跑开了。

在我分威化饼的时候,赛齐一直说:"小心,不要吓到他们。如果吓病了,他们的父母会认为是你把孩子的灵魂吓跑了。"

我们穿过村口挂着图腾的大门,赛齐嘴里念叨着什么。

"你在说什么?"

"我在说,不要害怕,我们不想惊动灵魂,我们是来做客的。"

我想起毛姆在书中写到,每个春季来临前,掸邦山地的猎头部落都会派出一小队男子,专门寻找合适的陌生人,猎取他们的头颅。按照山地部落的科学,新鲜的头盖骨可以保护谷物。之所以找陌生人,是因为陌生人不熟悉道路,灵魂不会跑出躯壳。

赛齐说,按照爱伲人的规矩,进村先要去族长家做客。族长去山上耕田了,我们便坐在茅草棚下。房子是用木板搭的,下面堆满了木柴,进屋要爬一根竹梯。两个老妇人也在棚下坐着,其中一个是族长的老婆,抱着一个酣睡的孩童。环顾四周,我没看到什么现代物品,只有木板上挂着一只停转的时钟。

爱伲人拥有一套现代文明的替代品。比如,他们没有牙刷和牙膏,但是每家都有一捆新摘的树叶。他们把树叶塞到嘴里咀嚼,那红色的汁液据说能起到保护牙齿的作用,尽管这也让每个人都成了血盆大口。

几年前,爱伲人的主要收入来源还是种植鸦片,但是这些年,随着政府管控的加强,罂粟种植被禁止了,爱伲人的生活也变得更加贫困。他们种了一些水稻,其余的食物就靠打猎和采集蔬果补充。

赛齐说了几句什么,族长的老婆就打开门,示意我可以进去。屋顶很低,黑洞洞的,只从木板的缝隙间透进些光来。我看到屋里有一面大鼓,那是族人们祭祀时用的圣物。另一侧供奉着类似牌位的东西,那是爱伲人祖先的灵魂。根据爱伲人的传说,他们的祖先是一只寨犬。它帮助部落偷出了属于神的稻种,于是部落首领将女儿许配给了它,爱伲人就是这个联姻的后代。我悄悄退出来,免得把人或狗的灵魂惊动。

这时,族长从山上赶了回来。他看上去六十来岁,十分健壮。两个耳垂上有铜钱大小的耳洞,是佩戴猴骨饰物用的。他穿一件杰克·琼斯牌T恤,那是美国人捐给教会、基金会的旧衣服,被一些商人收购,再用集装箱运到东南亚和非洲等地,以低廉的价格卖给当地人——全球化就是以这样的方式,把现代社会和山地部落联系在了一起。

族长拿出一张照片给我看。照片上,一群爱伲人围坐在一起,正用长长的苇秆吸着苞谷酒,有些人身边还竖着吸鸦片用的土烟枪。族长说(赛齐翻译),这是十多年前一个法国人类学家拍的。他指着照片中的自己,咧嘴笑笑。那时的他,看上去比现在年轻得多。

我问族长今年多大岁数。

"46岁。"他说。

46岁原本正值壮年,可他看上去要老得多,双眼也已经蒙上了一层白内障的雾霭。

族长家在村子的最高处,从这里能看见其他人家的房子,全都歪歪扭扭,有用木板搭的,也有用竹子建的。它们占据着茫茫大山的一角,外面的世界遥远得如同另一个星球。正是这大山阻隔了他们,也是这大山保护了他们。他们拒绝文化,拒绝现代文明,在他们自成一体的小世界里,依然保留着只属于自己的幸福和恐惧。每当满月时分,他们围着篝火唱歌、跳舞、喝苞谷酒、抽鸦片,然后做爱、生育……在21世纪,还能维持这样的生活,无论怎么说,都已算是一个奇迹。

几个十来岁的爱伲女孩,背着她们的婴儿走过。其中一个年纪稍小,大概十四五岁,长得十分漂亮。

"如果她没结婚,又不是爱伲人,我说不定会娶她做老婆。"赛齐悄悄对我说。

"真这么想?"

"确实这么想过。两年前来这里,我就见过她,当时她还没结婚。"

"那为什么没娶?"

"爱伲人没文化,没法适应山下的生活。如果娶了她,所有的亲戚、朋友都会笑话我。"

"她们能不能嫁到别的部落去?"

"她们一般只嫁给本族人。"

离开族长家,我们经过爱伲人的水车。这些竹子搭成的装置,能利用杠杆原理,把山里的溪水引进村子。几个爱伲女人正在压水,看到我们就笑起来,露出一嘴红牙。如果不是和朱老师有约,我倒是很想在这里住上一晚,仔细观察他们的生活。

我想起列维·施特劳斯的一句话:"去闻一朵水仙花散发的味道,里面隐藏的学问比所有书本加起来的还多。"

我们离开爱伲人的村子,打算往另一座山上走。那里有一个阿卡人的村落,如果幸运的话,可以在那里找到吃的。我们顶着烈日艰难地徒步,路上遇到一个阿卡猎人。他正躺在一棵大树下休息,身边放着一把猎枪。

我问他在打什么。

"鹌鹑、山鸡。"他回答。

尽管阿卡人已经皈依天主教,文明程度较高,一些阿卡部落也慢慢从大山深处搬到了山下,但是对阿卡人来说,打猎依然不是什么娱乐活动,而是为了解决迫在眉睫的晚餐。

我祝他好运,然后继续往前走。

阿卡人的村子看上去比爱伲人的文明一些,村中还有一座木质教堂。我们在赛齐相熟的一户人家吃饭。这家的丈夫是阿卡牧师,墙上挂着他参加景栋牧师培训的照片。

女主人用木柴生起火,女儿打下手切菜。因为没有通风设备,木柴一燃烧起来,屋子里就开始浓烟滚滚。女主人一边咳嗽一边欠着身,把一口烧得乌黑的铁锅架到火上,开始做饭。

这样的条件,自然不用奢谈色香味,但的确是货真价实的阿卡料理:一盘花生米、一个鸡蛋饼、一碗野菜汤,还有辣椒和野菜拌在一起的咸菜。我付了我和赛齐的饭钱,就在牧师家坐下来吃饭。旁边一户人家的女主人凑过来,戴着华丽的头饰,故意坐在我的对面穿针引线,眼睛不时往我这里瞟。

赛齐告诉我,她的女儿在中缅边境的果敢赌场认识了一个中国人,后来跟着中国人嫁到了江苏。她还有一个女儿,待字闺中。

我问她,和嫁到中国的女儿是否还有联系。

"没了。"她说。但看上去并不悲伤,反而欣喜异常。

毋庸置疑,这出婚姻已经是阿卡村历史上最传奇的事件。

6

我在阿卡村里买了猴骨手串和项链,然后徒步回拉祜人的村子。返回景栋的路上,我们遇到了在岔路口等候的朱老师。他骑着摩托车,带我们前往汉人的村子。

朱老师告诉我,村子里的汉人大都是20世纪40年代逃难过来的,还有一些是当年国民党李弥残部的后代。村子看上去和中国普通的汉族乡村并无二致,家家户户都是砖石房子和篱笆围起的庭院。村民基本以务农为生,过着辛苦而自足的生活。

中文学校在村里的一座佛寺里,把一间佛堂改为了教室——这样做是出于安全考虑。

"缅甸政府希望推行去中国化的教育,不支持建立中文学校。"朱老师说,"为了安全起见,我们把学校建在佛寺里,避免可能的冲击。"

学校后面是朱老师的学生孔招燕家的菜地,种着番茄和扁豆。与正规学校相比,中文学校更像是一间乡村私塾。

"教材是怎么解决的?"我问朱老师。

"我们会从勐腊那边托人买中国最新的教材,"朱老师说,"现在条件好多了,最开始我们找不到教材,只能从家里找旧书或者旧报纸来教学生认汉字。"

教材之外,更大的问题是师资。年轻人大都离开了景栋,愿意留下来并且教书的人越来越少。朱老师说,等他明年退休了,教师的缺口会更大。这个问题如何解决,他也没有想好。

"如果身体允许,我愿意一直教下去。至于以后怎么样,只能以后再说。"

我随着朱老师走进学生孔招燕的家。孔招燕的父母是从云南来的,正在地里干活,只有她一人在家。孔招燕请我们喝茶,又拿出饼干和瓜子。她今年16岁,跟着朱老师学习过两年。因为家里还有两个弟弟,她不得不提前辍学,准备去勐拉找工作。

"那边的中国人很多,做生意都使用人民币。"孔招燕告诉我。

对于生长在掸邦的华人,似乎只有向北走、靠近中国才是出路,然而机会也意味着危险。勐拉距中国边境仅2公里,是毒品流向国际市场的重要通道,也是赌场林立之地——这几乎算不上什么秘密。

对于学生的流失,朱老师显得忧伤而惋惜。他小声嘱咐孔招燕:"不管能不能在学校读书,都不要把学到的知识忘了。没有老师教,但是书本可以随时带在身上。"

孔招燕点点头,有些难过。房间里安静下来,只有赛齐不明所以的啜茶声。朱老师看了看表说:"现在我们去温泉吧,再过一会儿太阳要落山了。"

我们和孔招燕挥手告别,骑上摩托。我坐在朱老师的后座上,一路颠簸着往山里走。快到热海温泉时,我看见山坳中冒出的热气,再走近一些,便能闻到一股浓重的硫黄味。

温泉露天流淌着,像一锅热汤。只在泉眼附近,建了几座石屋。我们每人弄到一个单人房。房间里有一个三米多长、两米多宽的石头水池,足可容纳三四个人共浴。我扳开水龙头,42度的温泉水"哗哗"地涌进池子里。

经过一天漫长的跋涉,此刻真是幸福时光。我像沙漠中见到绿洲的旅行者,由衷地感恩于掸邦的馈赠。石房子简单、粗糙,几乎没有任何设施,但我已经满足了。虽然泡过北欧和日本的温泉,但回想起来,似乎都不及掸邦温泉让人难忘。

等我从石房子里出来,泡得满面红光的朱老师已经在外面等着。傍晚的光线柔和了许多,山风拂面而过。这时我才发现,温泉对面有几家露天小摊。朱老师带我们找了一家坐下,点了一碟炸竹虫、一篮子地狱鸡蛋,又要了几瓶缅甸啤酒。

炸竹虫香脆可口,半熟的温泉蛋剥开以后,撒上盐粒和胡椒。啤酒很凉,瓶身上带着水珠。

朱老师谈起故乡梅州。2000年前后,他总算和梅州同父异母的兄弟取得了联系,双方在信中商定,找机会在梅州相聚。然而,从三年前开始,通信突然中断了。朱老师寄到梅州的信,全因查无此人而被退回。他很想知道发生了什么,但是没有线索。

"我想趁还能走路,回梅州看看,毕竟根在那里。但是孩子们都不在身边,对这件事也没那么热心。"朱老师说。

我们喝完桌上的啤酒,又要了几瓶。直到太阳已经完全落山,周围响起此起彼伏的蛙鸣。朱老师站起身,走路已经有些踉跄,但他执意要送我回金龙旅社。显然,坐赛齐的车更为稳妥,但喝完酒后,朱老师的态度变得十分坚决。为了我们刚刚建立的友谊和中国人的面子,我只好咬牙坐上朱老师的摩托。

我们在山间疾驰,眼前是无边的黑暗。夜色中,只有阵阵风声和群山扑面而来的剪影。越过朱老师的肩膀,我看到仪表盘光亮微弱的数字在不断飙升——40、50、55、60……

在这条荒凉的山路上,我们仿佛正骑着魔法扫帚,御风而行。不知从哪里传来河水的咆哮声,朱老师在高速行驶中回头对我说:"白沙河。"我们跨过"嘎嘎"作响的木板桥,河水奔腾不息的凉气让我完全清醒过来。我对朱老师说:"能不能停下来,让我上个厕所?"

我对着河水撒了长长的一泡尿,之后望了望天上完美的银河。

"走吧。"朱老师突然说。

于是,我们继续朝景栋飞驰。

边境风云

1

2008年的夏天,我去柬埔寨旅行。从胡志明市坐长途大巴到金边,再转车前往暹粒。印象中,柬埔寨的路况糟糕得要命——我的屁股在半空中的时间肯定比在座位上的时间要长。我参观了吴哥窟,找到了《花样年华》中周慕云的树洞,也在巴肯山上和很多人一起看了日落。然后,在一个雨后的傍晚,我坐在暹粒旅馆的露台上,用Walkman听BBC广播。当时,位于柬泰边境的柏威夏寺(Preah Vihear)刚刚获批世界文化遗产——那是我第一次听说柏威夏寺的名字。

不过,从听到这个名字到自己实际前往,又花费了9年时间。一方面,我对在柬埔寨的路况依然心有余悸。其次,申遗成功后不久,柬泰两国就开始围绕柏威夏寺的归属问题大动干戈。双方都在边境囤积重兵,甚至一度兵戎相见。在柏威夏寺的石柱上,至今可以看到两国交火时留下的弹痕。最后,柏威夏寺孤悬于柬北山区。这里原本就是红色高棉武装最后盘踞的地带,山林间埋藏着不少地雷和未爆炸的空投弹。我可不想在柬埔寨旅行时,因为踩到地雷一命呜呼。

随后几年,柏威夏寺不时出现在国际新闻中,尤以2011年最多。那年4月,柬泰两国在有争议地区再次爆发武装冲突,动用了火箭炮等重型武器,造成至少10名士兵死亡,数万名居民被迫转移。

战争的结果是,海牙国际法庭宣布维持1962年的原判,裁定柏威夏寺及其周边4.6平方公里的争议土地归属柬埔寨。这一次,泰国方面虽然不满,但并未挑起新的对抗。此后,柏威夏寺的新闻才终于渐渐淡出主流媒体。

——没有消息就是好消息。

在我看来,这恰恰说明柬泰两国在边境上的剑拔弩张之态有所缓解。而一旦对峙消散,旅游业的恢复大概只是时间问题。

果然,一位朋友告诉我,暹粒的旅行社已经悄悄推出柏威夏寺一日游的项目。这表明边境局势大体稳定,地雷(至少是旅游线路上的地雷)已经清除。在被旅游大军占领之前,我决定去看看柏威夏寺到底有什么。

2

我从北京飞往暹粒。这座小城与我2008年来时几乎没有太大变化。唯一的不同是,夜市上卖油炸水蟑螂的摊贩不见了。我随便走进街上的几家旅行社,询问柏威夏寺一日游的行程。多少有些意外的是,尽管柏威夏寺是柬埔寨仅有的两处世界文化遗产之一(另一处是吴哥窟),但却没有公共交通。因此只能包车前往,费用是90美元。

"路况呢?"

"还不错,"旅行社老板眨眨眼,"是你们中国援建的柏油路。"

暹粒到柏威夏寺200多公里,开车要4个小时,但这仅仅是惊心动魄的开始。柏威夏寺矗立在柬泰边界的扁担山摩艾丹崖顶,山势在泰国一侧较为平缓,可是伸入柬埔寨后,却形成了落差550米的悬崖峭壁。这就是为什么柏威夏寺虽然在柬方的实际控制下,但是最便捷的路径依然是泰国一侧。

从泰国东北部的四色菊府出发,平坦的公路几乎可以直达柏威夏寺脚下。在战争前的和平年代,信徒和游客都可以将护照押在边境检查点,然后攀登162级台阶进入柏威夏寺。

不过,旅行社的老板告诉我,武装冲突后,柬泰两国的边境口岸已经关闭,这条路行不通了。因此我必须选择更为"硬核"的道路:从柬埔寨一侧的峭壁爬上柏威夏寺。

3

司机是一个身材颀长的大男孩,只会说高棉语,因此我们的交流简化成了微笑和手势。从暹粒出发,路况差强人意。然而一旦离开暹粒,风景就变得荒芜起来。我们经过安隆汶,那是一座破败的小镇,也是红色高棉领导人波尔·布特最后的根据地。我们驶过镇中心的和平鸽纪念碑,从这里一条公路向东延伸,通往柏威夏寺。两侧变得愈加荒凉,如同穿行在热带荒原。周围没有耕地,罕有人家,只有边境地带所特有的荒凉。一座绵延的山脉,出现在荒原尽头——那是扁担山脉,柬泰两国的边界。柏威夏寺就在山顶上。

汽车开到山下,拐进一块空地。司机笑着示意我,只能开到这里了。几年前,参观柏威夏寺还不要门票,如今则需支付10美元。更重要的是,游客要在这里做出接下来的选择:要么花两个小时,顺着已经清除地雷的山间小路,攀爬最后那段550米高的悬崖;要么雇一辆四驱越野车或摩托车,沿着陡峭的盘山路冲上去。此外别无他法。

空地上停着几辆日本产的越野皮卡,也有等待拉客的摩托车。除了一些来柏威夏寺朝拜的本地信徒,外国游客屈指可数。我花5美元雇了辆摩托车,开始惊险的上山之路。

山路不断盘旋向上,有时坡度接近45度。这时就连皮卡也显得有些吃力,摩托车反而可以轰鸣着猛冲上去。我紧紧地抓住后座支架,任由荒野之风扑打面颊。一种熟悉的听天由命感又回来了——每次在东南亚旅行,这种感觉都会在某一时刻倏忽而至,从不失约。

山间有些歪七扭八的房子,晾着五颜六色的衣服。一旦边境风平浪静,当年被迫搬走的居民就又迁了回来。在我看来,这片布满地雷的土地,或许没什么值得留恋的。然而,对这些原住民来说,这里却是家园。摩托车终于在摩艾丹崖顶停下来。司机告诉我,柏威夏寺就在崖顶的尽头。

我下车,冒着大太阳往前走。率先映入眼帘的是高高飘扬的柬埔寨国旗,随后路边出现了简易营房和作为掩体的沙袋。沙袋间生出杂草,在风中摇摆,可见战争已是较为久远的事。

虽然身穿迷彩服、脚蹬大皮靴的军警随处可见,但我并未感到紧张的气氛。军人们大都在断壁残垣间乘凉。有些见到外国人,还会友善地笑笑。他们散漫坐着的地方,就是柏威夏寺的山门,又称"第五回廊",如今已经沦为废墟。

那是褐红色砂岩构成的石柱和门梁,翘起的檐角颇有吴哥早期建筑的风格。不过,更让我感兴趣的是回廊北侧的石梯,162级,通往泰国——这才是进入柏威夏寺的正途。

如果从高处俯瞰,摩艾丹崖顶就像"鹰喙","喙尖"朝向柬埔寨平原,"喙根"朝向泰国高原。符合逻辑的参观路径,应该是从山势平缓的泰国一侧,登上162级石梯,到达"喙根"部分的第五回廊。再从这里出发,朝着三面悬崖的"喙尖"方向依次参观。我突然意识到,我刚才搭摩托车所走的,乃是柬泰龃龉之后,柬埔寨人在山体上硬凿出来的"歧途"——难怪如此险峻。

一个坐在石柱旁的年轻军人向我打招呼,问我从哪里来。他已经在这里驻扎了6年,每天的任务就是在第五回廊巡逻。他指着坍塌石块上的弹痕给我看,告诉我,他的一个战友就牺牲在这里。我问他,柬埔寨和泰国还会不会开战。

"至少现在很和平。"他摸出香烟,点上,深深地吸了一口。

4

和平来之不易,可问题在于,这样一座古寺为何会出现在荒芜的边境地带?柬泰两国又为什么会同时认为柏威夏寺属于自己?

沿着长出青苔的甬道,我朝着"喙尖"方向走,柏威夏寺的气势开始逐渐显现。两旁是参天古树,掩映着千年之前的巨型石块。一座巨大的贮水池,出现在甬道东侧,可以想见当年寺中生活着多少僧众。和吴哥窟一样,柏威夏寺最初是印度教的神庙,供奉的是印度教的三大主神之一湿婆。这从寺庙的浮雕上依然能够看出来。庙中曾有一座纯金的湿婆舞姿雕像,历经劫难后早已不知所踪。

我想,在这样的地理位置修建寺庙,必然要经历漫长的岁月。的确,柏威夏寺从公元 9 世纪开始动工,一直持续到公元 12 世纪。它比吴哥窟修建得还要早,但两者同样在苏利耶跋摩二世期间完工。那是高棉历史上最辉煌的时代,其疆域不仅包括今天的柬埔寨,还包括泰国和老挝的大部、缅甸和越南的南部。这就解释了柏威夏寺为什么会建在这里:在吴哥王朝的治下,此地非但不是边境,反而处于帝国的中心。

当时,泰民族还没有自己的国家,只是吴哥王朝的一个附庸。不过,在泰民族的挑战下,吴哥王朝的疆域不断缩小。到了 14 世纪,已经基本处于大城王朝(又称暹罗)的控制下。在短短百年之内,暹罗人三次血洗吴哥城,终结了高棉帝国的辉煌。吴哥城彻底废弃,柏威夏寺也随之荒废。

对柬埔寨人来说,柏威夏寺不仅是一处宗教圣地,还承载着民族历史上最辉煌的记忆(相对之后悲惨的记忆而言)。对泰国人来说,柏威夏寺同样是泰民族崛起的缩影。正是历史记忆与民族主义盘根错节,赋予了柏威夏寺神圣的含义,也为之后的争端埋下了伏笔。

书中读到,吴哥王朝覆灭后,高棉一直是暹罗的属国。今天柬埔寨的暹粒、马德望和诗梳风三省(所谓的"西柬埔寨"地区)都在暹罗帝国的统治下。柏威夏寺自然也成了暹罗的一部分。在泰语中,柏威夏寺被称为"考帕威寒寺"。和高棉语的意思一样,意为"神圣的寺院"。

不过,古代的国与国之间并没有一道严格意义上的"边境线",边界更多是一种模糊而游移的存在。现代的领土纷争,多半是由于当年的欧洲殖民者强行划定边境线所致。在这个层面上,柏威夏寺的纷争与中印的"麦克马洪线"之争,有异曲同工之处。

实际上，如果没有法国人的到来，在泰强柬弱的大形势下，柏威夏寺也不太可能成为一个领土争端的焦点。然而，一切在19世纪下半叶改变了。

1864年，柬埔寨与法国签订了《法柬条约》，成为法国的保护国，随后又彻底沦为殖民地。1907年，法国迫使暹罗割让"西柬埔寨"地区。对于暹罗与法属印度支那的边界划定，两国商定以扁担山脉分水岭为基准。这也构成了泰国后来一直声索柏威夏寺的原因——如果按此原则，摩艾丹崖顶的柏威夏寺正好落在暹罗一侧。

接下来的事情多少有点不可思议。法国与暹罗组建了联合勘界委员会，但是由于暹罗没有绘制地图的专业知识，只好由法国派员完成勘界工作。法国测绘队由贝尔纳中校领衔。他偷偷按照印度支那总督的密令，将柏威夏寺绘入柬埔寨一侧。这样做的目的显而易见——不让暹罗获得扁担山脉的制高点。

然而，暹罗政府竟无人注意到这一"错误"。第一批地图160份，其中50份交给了暹罗。之后，暹罗还向法国索要了更多的地图，在国内大量印行。直到1937年，暹罗皇家勘测部自行勘测边界，才发现分水岭的问题。不过，大概是由于忌惮法国，在随后出版的地图上，柏威夏寺依然被标在了柬埔寨一侧。

5

我沿着800米长的中轴线,穿过一道道回廊,走向断崖边的中央殿堂。柏威夏寺的游客不多,但有不少前来朝圣的僧侣和信众。在士兵们的注视下,他们在殿前献上莲花,插上香火,跪地祈祷。

再往前走,就是550米高的断崖。柬埔寨平原如画卷展开,在阳光下闪着光。站在这样的制高点,柬埔寨可谓门户大开。据说天气好时,甚至可以一直望到远方的洞里萨湖。

我看到三条公路:一条通往柏威夏省,一条通往磅通省,还有一条通往柬泰边境。但是无论哪条公路上,几乎都看不到车辆——当边境不再互通,往往就会变成最萧瑟的荒原。

柏威夏寺归属问题的背后,是柬泰两国复杂的历史积怨,更是大国政治的后遗症。"二战"期间,法国无力东顾。与日本结盟的泰国重又获得包括"西柬埔寨"在内的6.5万平方公里土地。柬埔寨一夜之间丧失了三分之一的国土,一百五十万人口。国王莫尼旺失望至极,愤然离开金边,不久病逝。随后,柏威夏寺又见证了泰法日三国举行的"版籍奉还"仪式。

1953年,柬埔寨独立。柏威夏寺成为柬泰两国民族情绪的宣泄口。无论是正在建立国家认同感的柬埔寨,还是军政府统治下需要获得合法性的泰国,都把柏威夏寺当成了"抓手"。

两度断交后,西哈努克亲王将柏威夏寺的争议提交海牙国际法庭。最终,国际法庭以9票对3票裁定柏威夏寺属于柬埔寨。理由很简单:虽然1907年的地图并未按照《法暹约定》的分水岭划分,但是数十年来,泰国方面都未对地图提出异议,等于默认了这一事实。

泰国人有苦难言,自然不满于这样的判决,但他们仍然控制着通往柏威夏寺的主路和周边土地。柬埔寨获得了柏威夏寺的主权。不过为了缓和与邻国的关系,西哈努克亲王宣布,泰国公民可以免签进入柏威夏寺。

柬泰之间的火苗被暂时压制住了。到了红色高棉时期,柏威夏寺发生了联合国历史上最耸人听闻的难民遣返事件:四万名逃到泰国境内的柬埔寨难民,被泰国军方带到这里,以推下悬崖的方式遣返回国。

对柬泰两国来说,柏威夏寺就如同是一块反复跌倒后留下的伤口:粘上了纱布,却远未愈合。

一个穿着红色僧袍、戴着金边眼镜的僧人,带着两个橙色僧袍的小沙弥,还有几位居士。穿红色僧袍的僧人告诉我,他们从金边来,每年都会到柏威夏寺朝拜。他们带着成捆儿的衣服和香烟,一路分发给柬埔寨士兵。

"这附近没有僧人,所以我们会特意来这里,给他们送东西,"一位居士说,"他们守卫柏威夏寺,很不容易。"

当然,我没看到一个来自泰国的僧侣或信众。自从边境封闭后,他们与柏威夏寺的距离,从以前的几百米变成了几百公里。原本,他们和柬埔寨人共享着同一种宗教,同一座寺庙,但是如今只有一面泰国国旗,在不远处的山间飘荡。

我沿着162级台阶,朝泰国方向走,想看看边境现在的样子。曾经的柬泰互市早已不见,如今这里只有一个勉强能算是村子的定居点。

村子里有一家小小的杂货铺,连带一家饭馆。墙上挂着柬埔寨皇室的照片。镶着金牙的老板,正坐在竹席上吃午饭。鸡在廊柱间啄食,狗在阴凉下睡觉。过了一座木桥,就是高高垒起的沙袋和铁丝网。荷枪实弹的士兵,站在铁丝网边,对着另一侧的密林。

我打开手机上的谷歌地图,发现实际上我已经跨越了柬泰边界。那道看不见的边界线,大概就从我身后几米的地方穿过。

周围的一切静悄悄的,只有一只黄狗摇晃着尾巴,跑过我身后的一块牌子,上面用英语和高棉语写着:"柏威夏寺是我们的"。

开往蒲甘的慢船

1

这是 Orcaella 号在雨季来临前的最后一次航游,8 天 7 晚。从仰光(Yangon)启航,沿伊洛瓦底江(Irrawaddy River)北溯,直至蒲甘(Bagan)。

乘客基本是来自欧美的夫妇,大部分是中产阶级以上,很多拥有自己的企业。他们中有两对夫妇来自美国——交谈中,他们把富人分为两类:富人和真正的富人:"少于几百万美元资产的算不上真正的富人。"一对夫妇来自意大利——男人酷似黑手党,总叼着雪茄,妻子比他小 20 岁左右。一对夫妇来自澳大利亚,在珀斯从事矿产开发。一对情侣来自莫斯科——家族从事天然气出口。一对男同恋人来自柏林——蜜月旅行。挪威人克里斯蒂安娶了一位日本太太——后来我听说,他们住在曼谷,经营一家造船厂,Orcaella 号就由该厂建造。此外,还有一个来缅甸寻根的加拿大人。他出生在仰光,父亲是殖民政府的官员——他的背包上挂着加拿大航空的铂金会员卡。

早在20世纪70年代,游客就想尽办法探寻这片秘境。"孤独星球"(Lonely Planet)的创始人托尼·惠勒(Tony Wheeler)在回忆录中写道,他1972年第一次造访缅甸时,连仰光最著名的斯特兰德酒店(Strand Hotel)都已破败不堪,墙上贴着几十年前的寻人启事。2010年,昂山素季恢复自由,缅甸开始打开尘封已久的国门。随着资本的进入,旅游业的面貌最先发生改变,标志之一便是奢华酒店集团的进驻。

Orcaella号游轮由经营着东方快车(Oriental Express)的贝尔蒙德(Belmond)集团建造。它的名字源于栖息在伊洛瓦底江的一种江豚。Orcaella号设有25间客舱,均有面向河景的落地窗和小露台。游轮的底层甲板设有医疗室,专业医生随船护航,尽管游轮经理温敏在介绍时和大家开玩笑:"这里没有人想见到你,医生。"

某种程度上,Orcaella号就像是这个世界的缩影:甲板上的一小群人掌握着世界的资源和权力,而服务于他们的人如同金字塔的底座。航游结束前,温敏告诉我们,船上有近100名工作人员,很多人面露惊异之色。一个星期以来,我们看到的只有餐厅服务员、客房服务员和私人导游而已。所有的工作人员都住在最下层的甲板,大部分平时很难看到。那是一支隐形的"军队",确保游轮上的一切正常运行。

一天晚上,我们在江边一座废弃的古堡里用餐,那是1885年第三次英缅战争的故地。我发现,所有的照明、布景都是由船上的工作人员提前搭建的。铺着白桌布的餐桌和亮闪闪的餐具都从游轮上带来。食物正在现场烹制,微风摇曳着烛台,照着冰得正好的葡萄酒……

上船的第一晚,甲板上举行了一场鸡尾酒会。男人们穿着Polo衫或亚麻西装,女人们穿着晚礼服。日本太太知香是全场的亮点。她拿着手帕和日本折扇,很多丈夫们的目光被她吸引,而这显然引起了一些太太们的轻微不快。话题从投资到股票,从瑞士名表到波尔多酒庄。几乎每个人都在全世界范围内旅行过,他们交流着彼此住过的酒店,谈论着哪里的SPA令人印象深刻。

"我们上次去坦桑尼亚旅行,找的是Abercrombie& Kent旅行社。"

"我对滑雪不感兴趣,但我推荐瑞士的The Chedi Andermatt酒店,它家的日本餐厅是我吃过的最好的一家。"

随着时间的推移,你会发现,在这个早已全球化的世界上,决定共同话题的并非国籍,而是语言和阶层。大部分人很快就打成一片,只有意大利夫妇和俄罗斯情侣因为不善英语,被稍稍隔离在外;德国人则因为性向不同,甘愿自得其乐。

我发现,至少有三对夫妇之前就来过缅甸,这次不过是来专程体验游轮。他们欣慰于身在缅甸却不必车马劳顿的特权——这远比在欧洲享受同样的服务更令人兴奋。他们喝着香槟,望着幽暗的河水和丛林,目光中有一丝悲悯。

"这里简直美丽得令人忧伤,不是吗?"

缅甸仍是一个电力匮乏的国家。太阳落山后,两岸只有零星的灯火,像沼泽中闪烁的磷火。游轮正穿行在这个国家的心脏地带,可我却不时感到,真实的缅甸正沉浸在两岸密不透风的黑暗中。

2

我的思绪不断回到初到仰光时的情景。从机场出来,我坐上一辆出租车进城。那是一辆日本淘汰的旧皇冠。在码头附近,我看到殖民时期留下的街区。建筑物上长满苔藓,有些房子看上去已经废弃,可实际上仍有人居住。街边遍布古老的店铺、书店、理发馆、啤酒屋,黝黑的工人搬运着热带水果和鱼露。

"这便是东方了。空气热得令人眩晕,水面上浮起椰子油和檀木、肉桂和姜黄的气味儿。"当 Orcaella 号从仰光码头启程时,我想起乔治·奥威尔在《缅甸岁月》中写过的句子。奥威尔在缅甸待了四年零九个月。在《缅甸岁月》里,他曾写到仰光的"欢乐时光":在安德逊餐厅用餐,享受着从 8000 英里外运来的、用冰冻冷藏的牛排和奶油,进行着了不起的豪饮比赛……而更多的时候,他必须"在乏味的日子里与书籍为伴",因为只有那样,才能"瞥见丛林和泥泞道路以外的世界"。

每天下午,Orcaella 号上都有一场小型讲座。作家鲍勃是讲者之一。大家坐在凉快的客厅里,喝着红茶,吃着点心,听鲍勃讲述奥威尔在缅甸的日子——这段日子对他一生的写作至关重要。我很快发现,如果你足够有钱,就用不着看书,因为可以找到像鲍勃这样的人把精心挑选、剪裁过的信息讲给你听。讲座关于缅甸的方方面面,话题每天不同。一点儿背景知识,一点儿逸闻趣事,大量照片,最后 10 分钟自由提问。每个人都喜欢这样的"讲座",因为这远比看书轻松,而且每个人都以提出一两个听上去很聪明的问题为乐事。这是游轮提供的服务之一。它设立的前提是,不用看书是富人的特权。

鲍勃今年 53 岁,穿着红色夏威夷花衬衫,藏青色牛仔裤,搭配棕色皮靴,看上去就像刚从《非洲的青山》里走出来的专为富人提供狩猎服务的白人向导。他是澳大利亚人,定居仰光,正写一本西藏喇嘛转世成澳洲混血儿的小说,并确信"它无法在中国出版"。他在 Orcaella 号上当讲师已经有一段时间,每个人都认识他,他也消息灵通,知道不少段子。

有一天,我和鲍勃一起晚餐。正是他告诉我,日本女人知香的丈夫——那个挪威人,建造了这艘游轮。

"你觉不觉得她很迷人?"鲍勃问我,"那天讲座完,我悄悄对她说,是你坚定了我以后找个日本太太的信念。"

"你说这话了?"

"当然。"

"她怎么说?"

"她什么都没说。"鲍勃挽起袖子,坏笑起来,露出一对多毛的胳膊。

我问鲍勃为什么选择在仰光生活。鲍勃则反问:"世界上还有哪个城市像仰光一样集衰败和高贵于一身?"

作为奥威尔、吉普林的信徒,鲍勃在仰光寻找着他们留下的蛛丝马迹。他喜欢那些破败的殖民建筑,那像是一场美丽的梦——"a sense of déjà vu",梦醒之后一片荒芜。他在仰光颇有名气,这也是 Orcaella 号找他做"驻船讲师"的原因之一。

"为什么不呢？他们在船上给了我一个单独房间。"鲍勃告诉我。

游轮上的故事很多,这成了鲍勃和每位客人的谈资。一天傍晚,我听见鲍勃对坐在吧台上的意大利太太说:"还有一个非常有钱的美国人。他不喜欢走路。只要能够花钱代步,他就选择花钱。你相信吗？从离开马里布的家,到坐到这条游轮上,他自己只走了50步！"

3

实际上,即便下船,我们也用不着走什么路。Orcaella号早就为外出游览备好了交通工具。每次下船,工作人员都会递上矿泉水和遮阳伞;回到船上,则是鲜榨果汁和冰毛巾。鞋子脱下来,有专人拿去清理擦拭,再放回客房门前。这样的旅行,用不着受一点苦。用温敏的话说:"现代文明的便利,在旅行中必不可少。"

一天早上,游轮在一座叫达努彪(Danuphyu)的小镇停泊。我们在码头下船,坐上人力三轮车,穿行在坑坑洼洼的街市上。达努彪是连旅行指南上都不曾提到的小地方。换句话说,除了我们,游客几乎没有。因此当地人全都驻足观看。

"你觉得怎么样?"美国太太扭头喊道。

"非常原始,"她穿着百慕大短裤、船鞋的丈夫回答,"像CNN的《非洲声音》!"

路边是杂乱的集市,遍布嘈杂的人群,出售当地人的必需品——香料、蔬菜、香蕉、槟榔……女人们头顶着大篮子,孩子们光着脚。在街边闲逛的野狗,三五成群。屋檐上的电线像毛线球一样乱成一团。这是星期二的上午,可很多孩子都在街上,似乎没人上学或者根本没有学校。

我们路过一个广告牌,一个穿着时髦的美丽女人正在打手机。那似乎在昭示一个"未来",一个理想中的"未来",只是这个"未来"蒙上了一层尘土,显出了一副前途未卜的样子。摩托车已经普及,穿着笼基和拖鞋的男人,叼着土烟,从我们身边飞驰而过。田野晒得发白,蒸腾着热浪。

达努彪是伊洛瓦底江三角洲上的普通小镇,似乎已经没有多少前现代的浪漫可言。尽管佛教为这里确定了一种宁静的调子,长期的闭关锁国又让人们容易以为这里依然充满田园风情。可是实际上,现代性早已无孔不入。作为一个还未开始大规模现代化的国家,缅甸似乎面临着更为严重的现代化焦虑。

太阳开始变得毒辣,风吹起路上的尘土。来到一家寺院,世界才安静下来。我们脱了鞋,随向导走进寺院。1824年,摩诃班都拉将军在这里抗击英军而死,他的墓地就在这座寺院内。

那是缅甸与英国间发生的第一次战争,以缅甸签署丧权辱国的条约为结果。60年后的第三次英缅战争中,英军占领了缅甸当时的首都曼德勒,流放了国王,把缅甸变成了英属印度的一个省。

缅甸向导索(Soe)向我们讲述着这段历史,讲述着班都拉将军如何一度胜利攻入印度阿萨姆邦,令加尔各答当局一片慌乱;如何迎击沿伊洛瓦底江北上的英军,最后在达努彪功亏一篑。索的英语很流利,模仿着美国口音。他讲得绘声绘色,却又尽量不带感情。他深谙这些游客的心理——他们不是来此为历史负责的,更无须承担心灵的负担。所以他很快就把缅甸的这段苦难历史"合理化"了:"那是资本主义扩张的时代,无论班都拉将军的胜败如何,都无法改变这一大的时局。"

"的确如此,"穿着"拉夫·劳伦"T恤的澳大利亚人说,"这一切都无法避免。"

"某种程度上,你会替他们感到悲哀,因为你知道,他们在用落后的东西对抗现代文明。"美国人皱着眉头说。

"Touché,太精辟了!"加拿大人表示赞同,澳大利亚太太也点点头。

这显然让美国人颇受鼓舞。他微笑着。

"从这个角度看,当地人的反抗毫无意义。"他看了看大家,"Am I right?"

4

Orcaella号每天行驶约120公里,景色的变化只是在潜移默化中发生。驶过伊洛瓦底江三角洲后,河道变窄了。两岸开始出现连绵不绝的山丘,长着旺盛的荆棘和凤尾竹,一派草莽之气。一个光屁股的男孩站在两座茅屋之间,他瞅见我们的游轮,立刻大喊起来,随即更多的孩子不知从哪儿冒了出来,跳着,挥着手。

我们经过一些江中小岛。温敏告诉我,当雨季来临时,小岛就会被江水淹没,旱季时又会浮出水面。江水沉淀的营养物质,让这里的土壤变得特别肥沃。尽管每年要被淹没一次,很多缅甸人还是选择在岛上生活。他们的房子是那种简易的茅草屋,里面也没有什么家具。他们就像草原上逐水草而居的牧民,来了又去,去了又来。这样的生活,造就了"缅甸粮仓"的美名——缅甸90%的蔬菜产自这里。

温敏是个英俊而消瘦的缅甸人,有浓密的眉毛和修长的睫毛。来 Orcaella 号工作前,他一直在一家经营越南湄公河游轮的新加坡公司工作。当时申请护照和签证昂贵而麻烦,为了顺利出国,他不得不一次次贿赂军政府官员。温敏在游轮上工作了十多年,从餐厅的服务生做起,直至成为总经理。听说贝尔蒙德集团开始经营 Orcaella 号后,他发去了求职申请。

"对我来说,伊洛瓦底江是比湄公河更亲切的地方,"温敏说,"我的家乡在仰光,我从小看着这条河长大。"

此时,我们正经过阿高山(Akauktaung),卑谬(Prome)北部的一个地方。无数石头凿刻的佛像,坐卧在江边山崖的岩洞里。太阳落在水天交界处,像一只小巧的蝴蝶,江水一片灿烂。一个赤膊男人驾着小舟行在佛像下面,佛陀注视着他。俄罗斯情侣拿出单反相机,拍摄起来。意大利男人倚在甲板的栏杆上抽着雪茄。其他人也陆续来到甲板上,谈论着眼前的景色。服务员送上鸡尾酒。

温敏欣喜于缅甸这两年来的变化。情况正在好转,政府也在改变。两年前,在公共场合谈论政治还是不可想象的事,因为到处都有秘密警察。如今我们却可以站在游轮的甲板上自由谈论这些话题。

"我总是对我的客人说,我特别感谢你们来缅甸旅行,"温敏说,"因为在这个过程中,你们会把对民主和自由的理解告诉缅甸人。"

"也许在这件事上,我们并没有太多发言权。我们还上不了 Facebook、YouTube 和 Gmail,而这些在缅甸都可以。"我实事求是地告诉温敏。

"但是中国很强大,"温敏想了想说,仿佛这是解决所有问题的答案,"让我们看看会发生什么吧。"在去照顾其他客人前,他冲我眨了眨眼。

暮色开始降临,像一张无边无际的大网。不久我们在一个渚清沙白的沙滩停泊。游轮的到来,让几只水鸟拍着翅膀飞走了。四周没有人家,没有村落。三四个游轮雇佣的村民,从远处的村子赶来,晃动着手电,帮助船员选择泊船地点。之后他们又晃动着手电离开,哼着乡村小调。

天终于黑了下来,大地一片寂静。江风吹过沙滩,拂过远处沙沙作响的丛林。国家不存在了,民主、自由不存在了。此地只有时间留下的亘古荒芜。

5

这里距卑谬不远。8 世纪时,卑谬曾是骠国的首都,主宰缅甸近千年,强大到不可一世。如今,曾经的王城位于卑谬城外几公里处的乡间,只剩下一片废墟。第二天,我们在卑谬下船,坐车前往这里。

废墟遗址周围有14个村落,住着大约1万人口。1989年,为了缓解居住空间紧张,政府将这些人口从附近的城镇迁徙至此。显然,政府并非有意让人们定居在遗址范围内,但因为疏于管理,农民常常进来放羊,甚至搬砖加盖自家房屋。透过车窗,我看到遗址已与大片耕地连为一片。煌煌日头下,穿着笼基的农民正拉着水牛干活。这样的场景恐怕从骠国时代起就没有发生过什么变化。

我们跟着索参观了遗址内的考古博物馆。因为缺乏资金,考古工作进行得十分艰难,这从博物馆陈列品的数量上就可见一斑。不过从那些已出土的佛教雕像和日常器皿中,还是可以看出古代骠国是一个高度发达的佛教国家。

"我们正在向联合国教科文组织申请世界文化遗产。"考古博物馆的工作人员说。如今博物馆空空荡荡,每月来这里的游客不足1000人,大部分是像我们这样的定制旅行团。

"如果有了联合国教科文组织的认证,我们将有资金进行遗址的考古和保护。"工作人员说,"卑谬处在仰光和蒲甘中间,如果游客在去蒲甘的途中,愿意在卑谬逗留一夜,无疑会大大带动这里的旅游业。酒店、交通等配套设施也会得到改善。"

然而,得到联合国教科文组织的认证,首先意味着生活在遗址附近的农民必须迁走。家在蒲甘的索说,这样的事情曾经在蒲甘发生过一次。二十多年前,同样是为了申请世界文化遗产,军政府在老蒲甘以南5公里处划出一片空地,命令老蒲甘的居民一个月内搬到这里。这块被命名为"新蒲甘"的地区,当时没有任何基础设施,人们必须重建居所。吃水也变得相当困难。人们得走上几公里路,才能回到伊洛瓦底江边。索说,他的童年就是在长长的挑水路上度过的。

"政府给了你们多少补偿?"一个美国人问。

"一分没有。"

"政府就直接把你们赶走了?"

"是的,先生。"

"疯狂的独裁者!"美国人愤怒地嘟囔着,像是要打上一架。

"但是蒲甘最终也没能评上世界文化遗产,因为联合国教科文组织和缅甸政府龃龉严重。"索说。

我们走出考古博物馆,在静谧的湖边喝着工作人员带来的冰镇饮料。湖边有当地人的茅草房,屋顶铺着晒干的棕榈叶,墙上挂着昂山素季的挂历。那挂历和美女挂历具有同样的风格。昂山素季的脸上甚至被 PS 出一层淡淡的红晕。

在索的帮助下,我和一位七十多岁的老婆婆聊起天来。她告诉我,她对这里的生活很满足,"孙子们都长大了,而且我们能从土地上得到足够的食物。"

"如果这里得到开发,你会更富有。"喝着零度可乐的意大利太太在一旁插话。

"我不想发财,现在的生活已经很幸福。"

"好吧……"意大利太太耸耸肩走开了。

老婆婆抽着一支芭蕉叶卷成的大号土烟,用半个晒干的椰子壳当烟灰缸。她的身体看上去依然硬朗,头发用篦子梳过,显得十分齐整。屋内昏暗,可她整个人有一种带着光晕的尊严。

我问她关于搬迁的传闻。她说,已经听说了,不过 NLD 的工作人员告诉他们不必搬走。她希望这是真的。

NLD 是昂山素季领导的缅甸全国民主联盟。

"如果有一天佛陀要我们离开,"她说,"我希望那一天晚点到来。"

6

游轮上的日子,很容易让人失去时间感。河流不舍昼夜地流淌,像带着某种巨大而不屈的使命。进入缅甸中部,河流两岸变成了半干旱的荒原景象。尽管这是缅甸,但是在干季的末尾,到处仍然是一片土褐色。日复一日,景色几乎没有太大的变化,一种热带的荒凉在眼前漫延。空气很热,甲板在白天可以把你的鞋底烤软。两岸的山包,尽是森林被砍伐的痕迹,几十年前,这里可能是一片热带雨林,如今大地已经成为荒漠。

每天傍晚,客房服务员会把第二天的行程单放到床上,夹在一本小册子里,这样下船后便可集齐一本,作为纪念。我发现,行程单上除了时间安排,还会在结尾处引述一段名言。

比如第 5 天的行程单上,是达米卡(Dhammika)法师《善问善答》中的一句话:"被恐惧所慑,人们前往圣山、圣林、圣地。"因为缺乏语境,看起来像是某种嘲讽,因为我们一路上都在参观圣地。

有一天是爱因斯坦的话:"未来的宗教将是一种宇宙宗教。它将是一种超越人格化神,远离一切教条和神学的宗教。这种宗教,包容自然和精神两个方面,作为一个有意义的统一体,必定是建立在由对事物的——无论是精神,还是自然的——实践与体验而产生的宗教观念之上的。佛教符合这种特征。"

一天,正当我对窗外的风景感到倦怠之时,行程单上适时出现了马塞尔·普鲁斯特（Marcel Proust）的一句话："真正的发现之旅不是为了寻找新的风景，而是为了拥有新的眼光。"（Le véritable voyage de découverte ne consiste pas à chercher de nouveaux paysages, mais à avoir de nouveaux yeux.）于是我戴上墨镜，继续凝望窗外。

晚餐后的生活相对丰富。除了电影和冰激凌，还会请来驻地附近的艺人上船表演。其中有占星师、魔术师、舞狮队、木偶艺人、大象舞者、缅甸二人转演员。

魔术师叫阿拉丁，有缅甸"大卫·科波菲尔"之称。那晚，鲍勃也来了。

"你之前没看过吗？"我问鲍勃。

"看过很多次了，"鲍勃懒洋洋地回答，"因为表演得太差劲，反而让观看变成了一种乐趣。"

我想，鲍勃无疑拥有了普鲁斯特的"新的眼光"。

那晚，阿拉丁表演了大变活人、飞刀、砍头、扑克牌等魔术。他是个瘦高如竹竿的男子，频频从大一号的西装中掏出道具。演出结束后，我问阿拉丁师从何人。他说，从他爷爷的父亲那辈起，就以表演魔术为生了。他还带了一个同样瘦高的女孩，是他的女儿，也是他表演飞刀和砍头的搭档。

我问阿拉丁生意如何。

"过得去。"他说。

每逢周围的村子建了新庙,或者有婚丧嫁娶,阿拉丁就会被请去表演。那样的场合,如同节日,往往全村出动,直演到深夜。整个伊洛瓦底江和湄公河都保持着这样的传统。记得有一次,我在泰北的金三角过夜,整夜听到湄公河对岸的老挝村庄歌舞不休——为了庆祝一座佛像的落成。那晚,我一夜无眠,只觉得整条河水都在沸腾。

大河两岸,生活和传统绵延不绝,这让远道而来的旅行者多少有了点慰藉。比如,在这里,身体依然是展示美的主要场所。我常看到穿着笼基的缅甸女人在江边洗澡,即便我站在甲板上,她们也毫不在意。她们走到河中,把旧笼基展开,脱下,换上新笼基,然后撩着水,清洗身体,再洗涤脱下的衣服。一连串的动作优雅而娴熟,是多少年来习以为常的仪式。等她们从河里走出来,长头发还滴着水,浸湿的笼基裹在苗条的身体上。那一刻,我突然意识到,这条河依然保留了很多东西,很多美感,它们如同沉淀在河床上的泥土,滋润着生活。

在河水不能抵达的地区,牛车依然是重要的交通工具。一天傍晚,我们就乘着牛车前往一处能够俯瞰伊洛瓦底江的要塞。我们下船,两人一部牛车,一路颠簸,大串烟尘,如同冷兵器时代的大军。最初,太太们还想着以手掩鼻,但很快自暴自弃。只有知香太太仍然坚持优雅,拿着一块小手帕,不时擦着鬓角,好像江户时代的女眷。我们经过一个村落,破旧的吊脚茅屋一座连一座。人们正在生火做饭,炊烟缭绕中传来猪圈里的哼哼声和犬吠声。牛车拥有巨大的木头车轮,走起来哐当作响,声音极大。羊群害怕,纷纷躲向山坡,烟尘便更大了。

我忽然想到,毛姆当年在缅甸旅行时,坐的不就是这样的牛车?那时很多地方还不通路,牛车每天只能走十几里路,艰苦程度可想而知,而毛姆居然还能在这样的牛车上阅读莎士比亚。钦佩之余,我只能一次次把自己颠开的屁股挪回坐垫上。

牛车走了好久,到达山顶要塞时,夕阳已经染红江面。眼前如一幅古代山水,让人沉醉。岸边的土地因干旱而龟裂,驮水的牛车正沿土路驶回炊烟袅袅的村子。对岸是一座佛塔,温柔地散发着金色,仿佛河流的守护神。

江面宽阔而平静,只有一个渔民撑着长长的竹竿,正把小船泊回江边。妻子站在岸上守望着,几个孩子大声说笑,忽又像猴子一样,一个个"扑通扑通"地跳进水里。

这时,风突然裹挟着那年的第一批雨点来了。一切都毫无征兆。是太阳雨。江面一片涟漪,仿佛有无数条小鱼从水中跃出,欢快地跳动。工作人员送上雨伞,我们站在雨中,俯瞰远方。江水转了个弯,像男性弯起的臂膀,充满力量感。水天交界处,已经沉浸在一片白色的光中。

"雨很快会停的,真正的雨季还没有到来,"温敏站在雨中说,"从这里逆流而上,只要半天时间,就是蒲甘了。"

7

第二天午餐后,Orcaella 号停泊在老蒲甘的码头。如今,蒲甘和曼德勒之间的渡轮仍然十分发达,但这里不是曼德勒的船只普遍停靠的地方。越过空寂的河道,可以望见对岸的滩涂和远方的群山。临河有一座豪华宅邸,占据整座山头,显然大有来头。索告诉我,这是军政府送给昂山将军的长子、昂山素季的长兄昂山吴的别墅。

昂山家有兄妹三人,二哥 8 岁时溺水而亡,昂山吴与昂山素季则一直不和。据说,部分民主运动人士曾力邀昂山吴加入政治运动,但他对政治没有兴趣。1973 年,昂山吴移居美国加州圣迭戈,成为美国公民。此后一直与昂山素季断绝来往。

在仰光时,我曾去过茵雅湖畔昂山素季被软禁过的别墅。如今,那里已不再是政治禁区,也无人谈此色变。只要和出租车司机说一声"夫人的房子",司机就知道是哪里。我去时大门紧闭，透过门缝，看到守门人正在打盹。我问昂山素季是不是曾经住在这里。也许见了太多像我这样毫不相干的人，守门人只是抬起眼皮，爱答不理地"哼"了一声，便继续合上眼皮睡去了。

昂山素季被军政府软禁15年，而昂山吴回国时却从未看望过软禁中的妹妹。索说，他们兄妹的政治观点不合，哥哥显然与军政府的关系更好。2000年，昂山吴向仰光法院申请继承茵雅湖畔的房产，兄妹由此展开长达十多年的诉讼。最终，法庭裁定房产的一半产权属于昂山吴。昂山素季已经提起了上诉。

我问索，缅甸人对此事有什么看法。

"大部分人当然支持昂山素季，她从英国回来照顾病重的母亲，直到她去世，之后又被软禁，她付出了太多东西。"索说，"不过如果你问我母亲那代虔诚信佛的人，他们会觉得，一家人为了财产闹到公堂，总归是不好的。"

佛教深深影响着缅甸，而这与蒲甘王朝长期力推佛教不无关系。1044年，阿奴律陀王定都蒲甘，从此开始了延续260多年的造塔运动。建造佛塔，是小乘佛教的一种传统，被认为是人一生中最大的善果。据考证，蒲甘平原上曾经屹立着四千多座佛塔。蒲甘有句俗语："手指之处，皆为佛塔。"

1996年,军政府从当地老百姓手中筹集了一百万美元,用于修缮蒲甘的佛塔。对于一个并不富裕的国家和它贫穷的人民来说,这无疑是一个天文数字,但是笃信佛教的缅甸人仍然倾其所有。除了捐钱,缅甸人还会把很大一部分收入购买金箔。在缅甸的很多佛塔上,都能看到人们贴上去的金箔片。

索常为这事和母亲发生争执。在他看来,缅甸还没有富裕到用这么多钱来礼佛的程度。

"如果把这笔钱用来改善教育不是更好吗?"索说,"佛陀,如果他是真的佛陀,难道会因此不满?"

"但我每次这么说,母亲总是捂住我的嘴,说我将来迟早会下地狱。"索笑起来,"这是两代人的文化差异,但我相信,我们这一代的想法会越来越成为缅甸的主流。"

我点点头,索说得没错。任何时代,年轻人总是最先觉醒的一群。

某天早餐时,鲍勃谈起他在当地英文报纸《缅甸新光报》上看到的一则特写,介绍仰光刚出现的朋克一族。他们穿着钉子靴,染着火红色的莫西干头,在废弃的仓库里弹吉他,唱柯特·科本,呼唤现世的民主自由,而非佛教倡导的来世幸福。他们把自己的乐队命名为"Rebel Riot",意为"反叛暴动",他们发誓要将旧世界打个落花流水。

鲍勃对我说："他们贴金箔的父母一定快要急疯了。"

作为旅行者和游荡者,鲍勃些许遗憾于那个美好的旧世界可能就要消失了。毕竟,他长途跋涉来到这里,心心念念的是佛的国度,神的舞台,为的是看一看幽暗的丛林、古代的佛塔,闻一闻破败的味道,在老殖民地的酒吧里喝一杯金汤力,然后片刻沉醉在遥远时代的安详里。几年前,鲍勃曾在云南丽江开过酒吧。在目睹了丽江的现代化后,只身逃到缅甸。

"缅甸如果照这样下去,我还能去哪儿?巴布亚新几内亚?"鲍勃沉吟着,"当然,你可以说,我这么想太自私了。"

蒲甘的佛塔散落在公路两边的平原上。公路是柏油的,通向佛塔的路是沙子的。很多佛塔掩藏在树林和荆棘中。

那天下午,我们参观了阿南达塔、苏拉玛尼塔,最后爬上高耸的瑞山陀塔,等待日落降临蒲甘平原。我们坐在塔顶上,风拂过我们的面颊。即便早已看过无数照片,我还是感到内心震动。到处是佛塔,到处是对神的称颂,像蘑菇一样,从丛林中冒出。眼前几乎完全是古代的样子。云块在天空迅疾流窜,掸邦高原在远方泛着白光。一只乌鸦突然落到塔顶,大声叫着。

它似乎在说,它比我更有权利赞美这一切。

8

最后一晚,Orcaella号上举办了告别酒会,大家握着酒杯,互相寒暄着。鲍勃已经离开,他要去越南北部的山里隐居两个月,完成那本西藏喇嘛转世的小说。知香太太在丈夫的名片上留下了自己的邮箱,让我下次来曼谷一定要找她。俄国情侣依旧不大理人,德国伙伴悄悄下了船。澳大利亚夫妇要飞去香港,完成一笔并购交易,我祝他们好运。真正结下友谊的是加拿大人和两对美国夫妇,他们已经约好回国后一起钓鱼了。

索告诉我,他要去瑞士旅行。4年前,刚做导游的索结识了一对富裕的瑞士老夫妇,他们很喜欢索,每年夏天都会邀请索去瑞士小住。在他们的资助下,索还游览了法国、意大利和德国。索拿出三星手机,翻出他在巴黎凯旋门前的照片给我看。他当然没穿笼基,而是穿着Polo衫和牛仔裤,看上去和任何踌躇满志的年轻人无异。

我问索最想去哪儿。

"美国,纽约。想去看看曼哈顿,看看自由女神像,"索操着美式英语说。然后他看着我的眼睛,"我知道你一定会说,我是一个非常幸运的缅甸人。"

死在爪哇也不错

1

在伊斯兰斋月前夜,整个雅加达仍然开门卖酒的地方只有这家"天吧"(Sky Bar)。它凌驾于城市的最高处,俯瞰着可能是整个赤道地区最汹涌的夜色。那是一片带着点魔幻气息的巨大虚空,闪耀着大型跨国公司的招牌与车流构成的光带。在来到爪哇之前,我穿越了整个南中国海——然而此刻,我却很难意识到自己飞了这么远。在52层楼的高度,在俊男美女身边,雅加达似乎模糊了它的个性,与曼谷、西贡甚至广州达成合谋。不止一次,我狐疑地打量眼前竹笋般从雾霭中升起的高楼,试图分辨这一切和在广州四季酒店顶层的"天吧"看到的有何不同。

然而,我亦深知,俯瞰一座城市是轻松惬意的,能得到的也只是明信片似的印象。一座城市和一个国家的全部实质——它的历史、性格、态度——只能像剥洋葱一样,层层剥离。

来到爪哇之前,我就了解到以下事实:这个国家约87%的人口信奉伊斯兰教,雅加达是世界上穆斯林人口最多的首都——这里的一天是从响彻天空的唱经声开始的;这个国家由17508座岛屿组成,100多个民族,739种语言,即便是人口最多的爪哇人,也是少数民族,这意味着雅加达是一盘货真价实的种族、文化、道德和体味儿的大杂烩。

对旅行者来说,如果纽约是"大苹果",那么雅加达就是"大榴梿"。它表皮坚硬、带刺,幽然散发出腥臭的甜香,让习惯者欲罢不能,却令初来者难以下咽。

这种不适感首先体现在"风"这一自然元素的匮乏上。因为地处赤道附近,风几乎很难造访此地。走在雅加达,你或许可以偶然观察到一股热气流从铁皮屋顶卷起,或在夜晚开窗时,感到一阵空气轻微的抽搐——但仅此而已,那绝然算不上风,也没有风理应带给人的舒爽。

"想想无关紧要的事吧,想想风。"作家杜鲁门·卡波特写道。在雅加达的最初几日,我的确为风的缺失愤愤不平,仿佛一项宝贵的天赋人权被无情剥夺了。

不适感也体现在雅加达的过分喧闹和混乱上。在这座城市,汽车和摩托车同样多,人比汽车和摩托车相加更多。2006年,爪哇人口就达到1.3亿,超越日本成为世界人口最多的岛屿,而其面积却只有日本的三分之一。尽管北京并不是一个容易让人产生交通优越感的地方,但是在雅加达的几日,我一边像迷途的羔羊,被裹挟在肿胀不堪的街道上,一边充满了阴险的民族自豪感。这里到处是呛人的尾气和轰鸣的噪音,在热带骄阳下,有一种海市蜃楼的不真实感。过马路则是真实的灾难,因为信号灯少之又少,斑马线则熟视无睹。除非冒着生命危险,否则站在原地一小时也动弹不得。当地人说,他们对雅加达的交通也相当恼火,可是恼火归恼火,大有恨铁不成钢,不如忘到爪哇国的好心态。

雅加达是赤道地区最强健、最活跃的经济体。在这里,我发现所有人都习惯早起。虔诚的穆斯林早起晨祷,数不清的小吃档口则趁着漫长的闷热降临前,开始一天的生意。他们奇迹般地从街头巷尾冒出,像库尔德山区里神出鬼没的游击队,让人深感没有什么力量——洪水也好,暴政也好,殖民也好——能够将这种热带植物般的生命力消灭。

不适感还体现在爪哇人在人情世故方面的独特性上。

"他是巴塔克人","他是爪哇人"——在雅加达,我时常被好心人如此提醒。这并不是价值判断,也并非种族歧视，只是友情提示一个外国佬，这个国家究竟如此运转。

巴塔克人，来自苏门答腊，以性格直率、热情好斗著称，而爪哇人则是不同寻常的礼貌和委婉的代言人。巴塔克人和爪哇人喜欢讲同一则笑话来表达彼此的不同：在一辆拥挤的公共汽车上，一个人的脚被踩住了。此时，巴塔克人会怒目圆睁，一把推开踩脚者，而爪哇人则会彬彬有礼地说："对不起，请原谅我的冒失，但在不久的将来，我可能会用到这只脚，如果不太麻烦的话，您可否把您的脚移开呢？"

爪哇人总是尽量避免与人针锋相对，因此想从他们口中听到明确的判断，是件相当困难的事。比如在"天吧"，当我拿出相机准备拍照时，穿白衬衫的爪哇侍者出现了。

"对不起，先生，您不能用专业相机拍照。"

"为什么？"

"这里不允许用专业相机拍照……"

"那么，可以用卡片机？"

"如果您本人作为照片前景的话……"

"什么意思？那我用手机拍一张总可以吧？"

"如果您不拍夜景的话……"

"岂有此理，不拍夜景，我拍什么？"

113

"如果您本人作为照片前景的话……"爪哇侍者依然有礼有节,但不屈不挠,"这是经理的规定。"

"可为什么?"

"因为本酒吧原则上不允许拍照,如果您实在想拍照,我们的建议是……"

我最终放弃了拍照,这让我和爪哇侍者都松了口气。

2

如果抛开全球化的陈词滥调,雅加达在许多方面仍然是一个独特的存在。它横亘在每到雨季就洪水泛滥的平原上,绵延数十公里。既没有中心,也很难说有什么边界。它像一件被随手扔在岸边的旧夹克,污渍斑斑,即便是那些炫目的高楼大厦,也并不标榜与之相称的文化深度,更不遮掩背后一片片灰色混凝土郊区组成的丛林。

很难相信,荷兰人曾经在这里统治过三百多年,把这里称作"巴达维亚",古语"荷兰"之意,因为如今这里已经见不到什么荷兰人留下的痕迹。

这里既没有阿姆斯特丹的从容,也缺乏后殖民学者感兴趣的"异国情调"。满大街的罗马字母,不是荷兰文,也不是英文,而是印尼文,其中一些词的字根来自梵语,暗示着爪哇与古印度文化的缥缈渊源。实际上,"雅加达"即是梵语"胜利之城"的意思,尽管胜利对于这座城市来得并不算轻松。

作为印度尼西亚的首都,和爪哇岛上最重要的城市,雅加达是一座充斥着雕像和革命纪念碑的城市。它们与城市的日常生活毫不相关,建筑风格也大相径庭,可展示的情绪则是相同的:国家独立的自豪感、对宏大叙事的渴望。

印度尼西亚是一个无比年轻的国家,其所有领土作为一个单一的国家概念,才形成不到一个世纪。"Indonesia"这个词本身也一直鲜为人知,直到20世纪20年代,荷属东印度群岛的殖民地人民,才用这个词称呼他们梦想中的独立国家。

是日本军队在1942年占领印尼时废除的荷兰文字。他们命令清除所有荷兰语标志,于是统治印尼300年的荷兰,在一夜之间土崩瓦解。随之消失的还有这个没落帝国最布尔乔亚的一切——海景酒吧、网球俱乐部、戴面纱和白手套的女士、星期日的下午茶。大约有20万荷兰人、华人和盟军士兵被送进集中营,被关押者的死亡率高达30%。

最初,印尼人把日本人视为解放者,因为他们有限度地扶植印尼的民族主义运动,包括国父苏加诺在内的一批反荷志士,被允许进行政治活动,进行民族主义演讲。

日本人还建立了印尼卫国义勇军。正是这支军队在"二战"结束后,与试图卷土重来的荷兰人进行了四年武装斗争,最终取得独立。也正是这支军队,在独立后的20年里,帮助苏加诺将企图分裂国家的各种不同力量聚拢到一起。

1956年访问中国后,苏加诺开始围绕更适合印尼的政治体制阐述自己的观点。他想用"乡村讨论达成一致"的传统做法取代西方式民主,然而实际权力却逐步集中到苏加诺本人手中。更为辛辣的事实是,他无法带领国家走出经济低谷。

到了1965年,印尼的共产党人数已经超过300万,苏加诺暗中决定武装该党,作为牵制军方的力量。然而陆军司令苏哈托率领的军队最终占据上风。他软禁了苏加诺,更以反共清洗为由大肆杀戮。10万人被捕,100万"共产党"遭到屠杀。这场政变的残酷性前所未有,即便到了今天,谈论此事的印尼人依然感到惶恐和不可思议,就像一个成年人远远打量自己青春期时无法理喻的暴力阴影。

苏加诺于1970年病逝。在很多印尼人看来,他是一位风度翩翩,富有魅力的政治家。他也不负众望地娶了8个老婆,其中一个还是日本酒吧的女招待。他是印度尼西亚的缔造者,对宏大叙事的爱好几近偏执。早在20

世纪60年代,他就希望把雅加达打造成一个国际化大都市,于是斥资建成10条车道的坦林大道(但如今依然堵得水泄不通)。他还建起一系列引人注目的民族主义建筑,比如被戏称为"苏加诺最后的雄起"的民族独立纪念碑,以及当时世界上最大的清真寺——伊斯蒂赫拉尔大清真寺。

无论是理性还是铺张,这些建筑都成为雅加达今天的地标。

3

我参观了民族独立纪念碑,132米高,矗立在自由广场上。从1961年开始建造,直到1975年完工,由政变者苏哈托剪彩。纪念碑用的是意大利大理石,顶部则由35公斤的金叶贴合、镀金。远远看上去,纪念碑像是一根男性器物,一柱擎天。走近了才发现,原来可以通过一个前列腺似的地道,进入纪念碑的内部——它的地下室已经被改造成国家历史博物馆。

我喜欢历史博物馆,在世界各地旅行时顺便看过不少,但是连一件(哪怕一件!)"历史实物"也没有的历史博物馆还是第一回见。在这个超现实主义的笨重结构里,陈列着48个微缩景观模型,像过家家似的,描述印度尼西亚争取独立和建国的历史。也许是为了彰显建国之路的漫长多艰,每组模型间都刻意隔着很远的距离,而模型本身又很小,实际看上一圈相当费腿、劳神。

我一路看过去,在1955年万隆会议的模型前长久驻足。因为在我所受的历史教育里,万隆会议是一次胜利的大会。周恩来总理在会上重申了"和平共处五项原则",展示出非凡的魅力,无疑是万隆会议的"灵魂人物"和"真正主角"。

可当我带着一点飘然的心情定睛细看时,发现台上慷慨陈词的男主角不是周总理,而是苏加诺。他戴着黑色清真小帽,手臂高举,主席台上聆听的各国元首纷纷露出钦佩的神情。我看了几遍,主席台上没有周总理的身影,倒是前排观众席上有位穿中山装的人士颇为神似,只是因为角度不好,加之灯光昏暗,始终不能确定。

我终于醒悟:历史就像一摊泥巴,把泥巴捏成何种形状大有学问。毫无疑问,在印尼人民心里,万隆会议的真正主角是苏加诺——他们亲切称为"Bung Karno"的"加诺兄",就像在中国人民心里,周总理总是出尽风头一样。

可真实的历史究竟是什么样的呢?我望着眼前的模型,感到一阵迷茫,仿佛置身的不是历史博物馆,而是历史"薄雾馆"。

我又寻找关于1965年军事政变、反共屠杀,以及苏哈托在之后30年军事独裁统治的模型。不用说,它们都被刻意回避了,仿佛一缕青烟,消散在历史叙事中,而让"缺失"成为一种"言说",一种更有力量的"言说"。

好在这地方印尼人自有妙用。虽然像样的藏品一件都没有,却因为是地下室而兼具昏暗、阴凉两大优点,加之门票便宜(合人民币1.8元),着实吸引了不少青年男女。他们找个角落,席地而坐,品味着各自人生的浪漫。什么国家啊、历史啊这类煞有介事的话题,在他们的爱情火苗前全部轰然崩塌。我还看到一家老小铺上席子野餐,享受天伦之乐——也许这才是此家博物馆的正确用途。果不其然,走了一圈,我发现特意付钱跑这里看微缩模型的好事之徒好像仅我一个。

从历史博物馆出来,我决定登上纪念碑的顶部——据说那里可以俯瞰到整座城市烟雾污染的盛景。排队等电梯的队伍颇为浩荡,足有几百人,蛇形到外面又拐了几道弯。我本打算耐心等待,可阳光太毒,队伍又一动不动,只好走到里面一探究竟。

难怪,偌大的纪念碑只有一个载重7人的电梯,上上下下的几百号人全都靠它。我渐渐产生一种不可思议的心情,可看看周围的印尼人,全都安之若素地看着这台老式电梯,看它悠然地"咣当"开门,"咣当"关门,运行……

一直趴在桌子上小憩的工作人员,突然抬起头,朝我招了招手。他见我迟疑了片刻,就更加夸张地挥动手臂,脸上露出耐人寻味的笑容。他留着两撇神气上翘的小胡子,只是被烟草熏得枯黄,活像两捆干稻草。

他指了指排队的长龙,伸出两根手指:"Two hours."

他又伸出六根手指,指了指天:"Six dollars, express.(6美元,快速通道。)"

他的发音如此标准,让我怀疑这门生意已经营颇久。那些像我一样误入歧途的外国佬,想必总会抱着"来都来了"的认倒霉心态掏钱登顶吧。况且,相对于排队两小时,6美元的"后门价格"也算得上公道……

只是突然间,对于爬到纪念碑顶上这件事,我感到一阵兴味索然——漫长的队伍、缓慢的电梯、对外国人的特殊"照顾"、被刻意回避的历史……这一切,已经让我感到不虚此行。

"很长的队,两个小时。"他微笑地望着我。

"苏西诺总统会派直升机送我上去。"我开了个玩笑,走了。看样子他没怎么相信。

4

最终,一种怀旧的本能将我引向了这个已逝殖民地的核心,位于城区北部港口的哥打——曾经的巴达维亚古城。在残破的街景中,我发现昔日帝国的幽灵仍然在这里徘徊。

在著名的巴达维亚咖啡馆,一群追忆往事的荷兰人,正端着曼特宁咖啡,坐在二楼高高的天花板下,吊扇有节奏地搅动着午后略显沉闷的空气。窗外是鹅卵石铺就的法塔西拉花园,耸立着建于1912年的老巴达维亚博物馆。如今,落满灰尘的陈列柜上,摆满各种各样的哇扬木偶,注视着人来人往和时光变迁。

巴达维亚的创始人扬·彼得松·库恩的纪念碑就在楼下的庭院里。1619年5月,正是他率领荷兰军队夷平了雅加达人的城镇,建立起荷兰东印度公司的总部,成为荷兰统治爪哇乃至整个东印度群岛的基地。

在这里,荷兰人建造高高的房子和瘴雾弥漫的运河,建起荷兰式吊桥。自始至终,他们心目中的蓝图是把雅加达建成一个热带的阿姆斯特丹。因为从未想过离去,总督范·霍夫将自己的宅邸修葺得格外宏伟。红色的砖墙,宽大的窗棂,只有最尊贵的殖民地官员和他们的家眷,才有资格透过那些窗户眺望满是帆船的港口和椰子树。

市政厅早就被改建为雅加达市立博物馆,陈列着一些荷兰殖民时期的家具。门口的青铜大炮,是荷兰人攻克马六甲的战利品,尽管风吹日晒,仿佛仍可随时点火。我看到一对雅加达情侣正倚在大炮上拍摄婚纱照,女孩穿着白色长裙,男孩穿着爪哇贵族的制服,面露羞涩。

他们并不感到孤立。因为法塔西拉花园如今已经成为年轻人、艺术家、流浪汉和小贩的乐园。头戴纱巾的女孩们在这里骑车,穿着夹克和套头衫的男孩们三五成群地聊天、弹吉他,刺青艺术家展示着他所发明的图腾,流浪艺人牵着猴子当众表演,发福的女人们则向游客推销着 Gado-gado 和 Bakso——前者是花生酱拌什锦蔬菜,后者是奥巴马最怀念的牛肉丸。

这一切的背景,是那些内部已经荒废或濒临荒废的殖民地建筑。洞开的大门里躺着几个酣睡的当地人,对旅行者的窥探早已司空见惯——是他们接管了荷兰人的房子,接管了巴达维亚,顺便也接管了过去,让那些帝国的幽灵们无家可归,只好永远凄凉地徘徊下去。

出于一种考古的冲动,我沿着腥臭的运河,向更北面的咖留巴港走去。当地人曾经雄心勃勃地计划重建整个咖留巴地区,在摇摇欲坠的建筑上兴建新的博物馆,然而这些计划终于搁浅。我看到的是一个被遗弃的世界:露天垃圾场、裁缝铺、修鞋匠、卖鞋垫的,私人宾馆破败不堪,停车场里停着20世纪70年代的公共汽车,一群20世纪70年代长相的当地人(可能是印尼华人)正在汽车的阴凉下打牌。太阳毒辣无情,仿佛要点燃一切。

东印度公司的货仓被华人老板收购后改建成了一家咖啡馆兼文化机构,这是附近唯一像样的地方,有着绿草茂盛的庭院和廊柱支撑的走廊。然而店员李世强对我说,这里每年雨季都会进水,没过膝盖——河道堵塞的原因。

"你会发现,雅加达的富人盖房,都会把地基提高一尺。"他比画着说。

李世强是雅加达出生的华人,祖籍广东梅县,说一口带爪哇腔的汉语。他的父母在民国时期来到这里,一家人再没有回过中国。他向我打听国内的情况,也传播他所知道的内幕消息。

我向他了解当地华人的状况。他说,不容乐观,隔阂一直存在。1997年亚洲金融危机爆发,印尼经济曾一落千丈,统治国家三十多年的苏哈托被迫下台。雅加达爆发了大规模的骚乱和排华事件。

"华人像是220V的电流,而整个印尼只能接受110V电流,作为电压转换器的政府一旦出现问题,华人就会遭殃。"李世强说,"这就是为什么每次社会动荡,华人总是首当其冲。"

在通往港口的路上,我不时想着和李世强的对话,感到雅加达的很多东西都没有改变,只是在循环往复中运行。就如同眼前的港口,虽然历经几个世纪,却依然维持着当年的样子。褐色的水面上,漂着树叶和浮沫,两侧泊满古老的望加锡纵帆船,黝黑的搬运工依然用手推车装卸货物,太阳则依旧照耀这片破败、颓废却又异常美丽的土地。

一个蹲在码头上的老人向我招手。他说,只要3美元,就划船带我去入海口兜一圈。他的脸上布满皱纹,目光中带着早期白内障的白雾。我给了他钱,跳上一只小舢板,看着他把瘦小的身躯随意搁在船头,不再说话。

除了那只摇橹的小臂,老人的身体几乎保持不动,脸也像枯叶一样丢失了表情。在烈日下,他带我驶出港口,向着更宽阔的海面驶去。

5

从雅加达前往日惹(Yogyakarta),是在穆斯林斋月的第一天。

前晚,我刚在"天吧"喝过酒,清早就在《雅加达邮报》英文版上看到政府发出的警告。上面写着,有些极端分子专挑斋月开始时袭击外国人光顾的酒吧——看上去并不是开玩笑,因为近几年雅加达和巴厘岛都发生过针对使馆和涉外酒店的恐怖袭击案,搞得好酒店们全都如临大敌,除了围上防冲撞的铁栏,进入车辆也得接受全面防爆检查。

我就是在这样的日子赶往日惹,坐的是早上出发的特快列车。因为担心斋月期间吃不上饭,特意买好了水和面包,准备在火车上见机行事。

雅加达到日惹560多公里,要开8个小时。所幸座位够宽敞,也没有吵闹的小孩。一上车就戴上耳机,一边优哉游哉地听音乐,一边看印尼作家普拉姆迪亚的小说。窗外是一晃而过的清真寺,稻田像华北平原一样辽阔,笼罩着一层薄雾状的火山灰。勉强算得上问题的,一是窗户打不开,二是空调开到了冷冻室的温度。一些有备而来的印尼人甚至裹上毛毯,穿上皮衣——对热带人民来说,这温度确实够受的。

虽然是斋月首日,但吃饭并没有想象中困难。中午一到饭点,列车员就主动推来餐车,有鸡腿、炒饭、泡面。几桌头戴纱巾的穆斯林也毫不在乎地大吃起来。比起中东和马来西亚,印尼的穆斯林算是相对温和的,不过在斋月第一天就这么公然地吃吃喝喝,会不会也有点"顶风作案"的意思呢?

进入中爪哇,风景为之一变。之前一望无际的平原,忽然被葱郁茂盛的山峦代替。天空压着极低的云,铅灰色的溪水,流过黑色的火山岩。雨水很快就下来了,像泪水流过车窗,也摇荡着路边的芭蕉树。

我想起在雅加达参观伊斯蒂赫拉尔大清真寺时也在下雨。这座清真寺建于1978年,能同时容纳20多万名信众。当时正是中午,阿拉伯文的唱经声透过宣礼塔响彻天空。一瞬间,整个雅加达都显得驯服而安静。我光着脚走进清真寺,在阿訇的带领下,静静地观看。那些虔诚的祈祷者面对麦加的方向跪拜,然而阿拉伯世界的真主,真的能听到他们的祈祷吗?

早在7世纪,穆斯林商人就从阿拉伯半岛源源不断地来到印尼,但是直到1200年,伊斯兰教并没有使很多印尼人皈依,或许在17世纪之前,也不是印尼的主要宗教。13世纪,苏门答腊北部港口邦国巴塞的国王改信伊斯兰教,成为第一批皈依伊斯兰教的印尼统治者。接下来的两个世纪,伊斯兰教沿着海上贸易通道加速传播,其他印尼邦国也开始皈依伊斯兰教。爪哇北部海岸线上的淡目国、杜班国、格雷西国和井里汶国于15世纪末皈依伊斯兰教。

第一批皈依伊斯兰教的统治者,是由于与外界的穆斯林群体发生接触,其他邦国改变信仰则是被征服的缘故。到了17世纪,伊斯兰教开始渗入到内地,并扩张到爪哇和苏门答腊内地的大部分地区。自那以后,它便持续向整个印度尼西亚扩散。

如今，印度尼西亚是世界上穆斯林人口最多的国家，却并非伊斯兰国家。被很多人视为一种妥协的潘查希拉（Pancasila）是这个国家的哲学纲领。苏加诺曾将它阐述为"西方民主、伊斯兰教、马克思主义和国内乡土传统的结合体"写入宪法。在苏哈托时期，它更被上升为祷文的高度。虽然一些伊斯兰政党曾试图让遵守伊斯兰教法成为宪法义务，但国会于2002年拒绝了这一提议。苏哈托也曾经明确宣布伊斯兰教法不具备法律效力——尽管该教法的某些元素，仍为部分城市和地区所接受。

潘查希拉倡导一种包容的哲学和天下一家的思想。这或许解释了伊斯蒂赫拉尔大清真寺的设计者为什么是一位天主教建筑师。当我走出大清真寺，发现仅仅一街之隔的马路对面，就是天主教大教堂（建于1901年）哥特式的双尖顶。

然而，不管拥抱哪种文明——我不乏偏见地认为——印尼人都是在进入别人的世界，而与他们自己的世界渐行渐远。

6

早在伊斯兰教来到之前，印度教和佛教控制着印度尼西亚的各个主要地区。位于苏门答腊南部的室利佛逝国信仰佛教,它在公元7世纪时开始出现在唐朝的典籍中。据说,它是一个统一但时常迁都的王国,它的水手可以在苏门答腊岛和爪哇海周围各港口聚敛胡椒、象牙、树脂、羽毛、龟壳、珍珠,然后把它们带到中国,再从中国带回丝绸、陶瓷和铁器。

在《南海寄归内法传》一书里,唐朝高僧义净记述了在室利佛逝国学习梵语的情形。显然,他对那里印象颇佳,于是告诉其他"留学僧",若去印度求法,先到室利佛逝学一两年预科是不错的选择。

印度文明对印度尼西亚的影响并不局限于宗教。当时的统治者也接受了印度的王权观念,采纳了印度史诗《罗摩衍那》和《摩诃婆罗多》。对于统治者来说,印度文明无疑是一种全新的世界观,他们之所以愿意接受,是因为领会到这种世界观的功利价值。他们邀请婆罗门祭司进入宫廷,花费巨大的人力和物力建造辉煌的宗教建筑,因为宗教也大大提高了他们自身的权威。这也正是婆罗浮屠被建造起来的本质原因。

无论从何种意义上看,婆罗浮屠都是爪哇岛上最著名的旅行地——它离日惹只有40公里,然而到了才发现,游客并不太多,兜售纪念品的小贩也不如想象的凶猛。大概因为是斋月,大家饿着肚子没力气干活,很多商铺都空空荡荡的,店主也不知所踪(不过后来去附近的村子,又发现很多年轻人在无所事事地玩鸽子,可见现实是复杂的)。

亚洲的佛教遗迹我去过不少,从已经基本损毁的鹿野苑,到保存完好的吴哥窟,可只有婆罗浮屠给我一种完全超然物外的感觉。和当地人聊天,他们对本地旅游业也是一副无所谓的态度,你来也好,不来也罢,悉听尊便,无期待也就无痛苦。不过反过来说,较之很多执着于招揽游客的旅行目的地,婆罗浮屠的姿态更让我受用。毕竟这地方在火山灰下埋了一千多年,应该有种空寂、苍茫感才正常。

在售票处围上纱笼(表达尊敬),喝了免费奉送的咖啡,顺着公园一样的林荫路一直走,便是婆罗浮屠。初看上去,婆罗浮屠似乎比想象中的小,不过还是忍不住发出一声赞叹。如果从天空俯瞰,婆罗浮屠的结构是一个三维的曼陀罗,代表佛教万象森列、圆融有序的宇宙。实际看上去,更像一个外星人留下的神秘遗迹。婆罗浮屠的早期历史依然成谜。人们只知道它是由当时统治中爪哇的夏连特拉王朝,在公元750年至850年间的某个时候建造的。至于因何而建,哪里请来的工匠,费时多久,如今都已淹没在历史的迷雾中。

和其他寺庙不同,婆罗浮屠建在一座海拔265米的岩石山上,周围是干涸的湖床,婆罗浮屠的底部高出湖床

15米。湖的存在一度是考古学家争论的热点。1931年,一位荷兰艺术家兼印度教学者提出,婆罗浮屠起初的构想是一朵漂浮在湖中的莲花。后来的一项地层学、沉积物和花粉样本的研究表明,婆罗浮屠附近确实有过湖泊,然而湖泊的面积时时不同。印尼最活跃的火山之一默拉皮就在婆罗浮屠附近,火山和河流塑造了婆罗浮屠周围的环境,也影响了湖泊的充盈和干涸。

婆罗浮屠由200万块石块建成。毫不夸张地说,几乎覆盖了整座小山。可以想见,建造这样的东西,要耗费多少人力和物力。然而离奇的是,在婆罗浮屠完工后不久,夏连特拉王朝就被他国攻破。夏连特拉王子逃往苏门答腊,入赘室利佛逝国,而夏连特拉的势力被逐出爪哇。这意味着从建成之日起,婆罗浮屠就被荒废了。

我想象着这里荒草萋萋的景象。只有不远处的默拉皮火山注视着一切。它不时爆发,使婆罗浮屠的地基整体性下沉,最终埋在厚厚的火山灰中,又被四周疯长的热带丛林掩盖。

它被遗忘了近十个世纪,也没有任何爪哇文献记录过它的存在。具有讽刺意味的是,它本是一个古代帝国"永不陷落"的标志,但却被证明徒劳无功——一如历史所一再证明的。

直到1815年,英国人托马斯·斯坦福·来福士爵士

（来福士广场就是以他命名的，他也是第一本爪哇历史的作者）才重新发现这座沉睡千年的佛塔。之后，荷兰人开始对婆罗浮屠进行修复，但发现支撑建筑的山体早已浸水，巨大的石块群也已陷落。荷兰人离开后，婆罗浮屠的修复暂告停滞，刚刚获得独立的印尼人正忙着建设国家，无暇顾及这片早就被祖先遗弃的土地。到了1973年，政府仍然无力修复。联合国教科文组织出面，支付了2500万美元，耗时10年时间，才最终将婆罗浮屠修复完成。

婆罗浮屠变成了爪哇乃至印度尼西亚的骄傲。我在官方的宣传册子上看到，它与中国的长城、印度的泰姬陵、柬埔寨的吴哥窟，并称为"古代东方的四大奇迹"。然而与前三者不同的是，婆罗浮屠已经无法被它的人民完全理解。人们惊叹于它的工艺，骄傲于先人的智慧，可是工艺之下那个曾经繁盛一时的佛教文明已经在爪哇彻底消失——这里是伊斯兰的世界，而宇宙间只有一个真主——安拉。

1985年1月21日，婆罗浮屠的九座舍利塔被9枚炸弹严重损坏。1991年，一位穆斯林盲人传教士被指控策划了这次袭击，遭到终身监禁。我站在婆罗浮屠的顶层，看到佛陀慈悲微笑，眼前是绵延的群山、低垂的天际线和茂密的棕榈林。

日落以后，天空布满了星星，昆虫和青蛙的鸣叫不绝于耳。我在婆罗浮屠对面山上的茅草屋里，吃烤羊眼肉，喝葡萄酒，雾霭下的热带丛林美得令人窒息。突然之间，散落在群山间的村子开始晚祷，整个世界几乎同时响起了伊斯兰的唱经声。那个拖着长音的男性咏叹调，通过宣礼塔伸向四方的喇叭，漫山遍野，水一般地弥漫。

祈祷一直持续到深夜。作为现实性的后果，那晚几乎一夜未眠。斋月就是这样厉害。

7

第二天傍晚时分，我回到日惹。刚下过一场雨，空气湿润得带点木瓜味。马尔巴罗公爵大街上依然人山人海，猫在其中悠然穿梭。卖蛇皮果的小贩似在沉思什么，街头大提琴师即兴弹奏着一首小夜曲，任由你把几枚硬币，扔进敞开的琴盒。

路边是一家接一家、绵延几公里的露天餐厅。人们席地而坐，分享着沙嗲肉串和印尼炒饭，不时啜饮扎啤杯里加满冰块的红茶。这似乎是中爪哇地区最流行的用餐方式——露天、席地、手抓。一种随意的气氛蔓延在城市街头。对旅行者来说，也是难得一见的风景。

旅途中最愉快的事莫过于在一个全然自足又壁垒森

严、态度轻松又个性鲜明的地方停靠片刻——日惹或许就是这样一个地方。至少和雅加达相比,日惹更像是爪哇的灵魂。这里的爪哇语最地道,文化传统最鲜明,老规矩数不胜数。它完全独立,甚至拥有自己的海关,皇室仍然住在皇宫的最深处,由穿着传统服饰的老家臣服侍。它是苏丹统治的特区——或许也是爪哇最后一个城邦。

我参观了苏丹的皇宫。这个独特的区域犹如一座带有城墙的城市,里面生活着大约25000人,有自己的市场、商店、蜡染、银器作坊、学校和清真寺。大约有1000名当地居民被苏丹雇佣。皇宫分前后院,前院是旧时苏丹上朝处,有殿阁和庭院,后院是嫔妃们的住所。后院的大门旁立有两尊石雕,右边是凌多罗波罗,代表善良,左边是波罗古哥多,代表邪恶。

大殿内,加麦兰编钟乐队正在弹奏"叮叮咚咚"的古乐。中国凉亭里,宫廷诗人依然日复一日地唱诵史诗。那本史诗是如此厚重,以致必须放在一张茶几一样的小桌子上。年迈的诗人盘腿坐在桌前,打开台灯,偌大的凉亭里只有他孤单的身影。他开始唱诵,声音抑扬顿挫,歌颂着皇室和神明——那是伊斯兰来到之前的声音。我很快发现,他完全无视那些窥探、凝视,甚至快要趴在地上按快门的游客。他的注意力从不移开,脸上有一种高贵的漠然——一种在皇宫内待久了的人才会有的骄傲。

我在皇宫里随意步行,看到腰间别着格利斯短剑的侍卫。他们身着传统的"巴迪克"蜡染服,裹着纱笼。他们一定已经在宫里干了大半辈子,如今都垂垂老矣。他们盘腿坐在走廊前的蒲团上,有的发呆,有的闭目养神,像村委会门口一群晒太阳的老大爷。我望着他们,想象他们在皇宫里的漫长一生。他们护卫着国王,年轻时一定还护卫过国王的父亲。这个国家的思考方式或许被现代化的浪潮不断席卷,可在这里,在这些老侍卫身上,我看到一种恒常之物——这正是日惹最打动人心的地方。

这座宫殿由哈孟古·布沃诺(意为宇宙位于我的膝上)一世修造,现在住在里面的是哈孟古·布沃诺十世。唯一让人迷惑甚至会心一笑的,只有挂在走廊前的木牌,上面用英语写着:禁止与侍卫合影……

此时,我看到四名宫女托着银盘进入后厨。这是国王的午餐,依然按照古老的传统,由试菜师试过,验证无毒后,才能呈进。侍女们大概五十岁开外,穿着朴素,长相也很难称得上端庄,不过这不是拍摄电视剧的外景,而是货真价实的现实。虽然每月只从苏丹那里领到微薄的津贴,但她们认为,到宫里服务不是为了挣钱,而是一种至高无上的荣誉。一些当地农民在农闲时也常来宫里谋差,还有很多人自愿来宫里服务。在日惹人眼中,只要能在皇宫里干活,哪怕是临时工,也是一件体面的事。

当然，不是每个人都对此感同身受。一群马来西亚华人就表现得不屑一顾，认为那不过是"封建势力复辟"。连国王最喜欢的斑鸠鸟，也令他们避之不及——"那声音可不吉利！"

8

在爪哇，并非每次发现都是快乐的。因为风景过于斑驳，现象错综复杂。如果你试图找到一种思考框架，使所见的一切如星座般各安其位，那结果多半是让头脑变得更加混乱。

从伊斯兰的角度理解一切，或许会容易很多，可惜它到达这里的时间还不足以形成文明。在雅加达国家博物馆里，我甚至无法找到与伊斯兰相关的任何内容——馆里展出的只是土著文化和各个时期留下的佛像。

我乘巴士前往普兰巴南，这回是印度教的遗迹，位于日惹东北16公里。和婆罗浮屠的命运一样，普兰巴南建成后不久就遗弃了，然后在历次火山爆发、地震和偷盗中，化为悲剧性的废墟。

寺庙群紧挨着公路主干道，即使站在路边远眺，大湿婆神庙的尖顶也甚为壮观。实际走进去，发现仍有大片倒塌的石块，听之任之地散落、堆积在原地。大量断手断脚、无法修复的佛像,立在草地上,像屠杀过后的现场。

环绕大湿婆神庙的走廊内壁上,雕刻着《罗摩衍那》中的场景,讲述的是罗摩王的妻子悉多如何被诱拐,以及猴神哈努曼和白猴将军如何找到并解救她的故事。这个故事仍然作为爪哇传统戏剧的一部分,在普兰巴南村的露天剧场上演。然而普兰巴南村已是一个标标准准的伊斯兰村落。

有一则传闻说,1965年苏哈托军事政变后不久,要求每个国民申报自己的宗教信仰,普兰巴南的村民一度感到十分踌躇。他们是穆斯林,然而又感到自己不能这么申报——因为违背了太多伊斯兰戒律。他们了解到自己的祖先建造了伟大的普兰巴南寺庙群,尽管其背后的文明已无从知晓,但他们知道这和印度教有关。他们也知道,平时喜欢看的哇扬戏,很多情节也来自于印度史诗。于是有的村民提出一个设想:他们应该申报自己信仰印度教。

可是问题也接踵而来。最主要的一条是,他们不清楚信仰印度教应该做什么。无论是印度教的历史还是仪轨,他们都一无所知。于是他们请来了巴厘岛的印度教祭司,教授他们印度教的常识,可最终发现过去已无法重建,文明一旦丢弃,就不可能再轻易地捡起。于是,他们只好申报自己信仰伊斯兰教。

从博物馆的旧照里,我看到1885年荷兰人发现这里时的情景。当时,这里是一片更加荒凉的废墟,到处长满荒草,野象横行,而那些荷兰人迷茫地坐在石头上。

在某种程度上,这种迷茫我是能够感同身受的。一个如此宏大的建筑被轻易地遗弃,一种压倒性的文明彻底消失,无论谁也是难以理解的。即使是拥有现代化机械的今天,想完全修复普兰巴南也困难重重,更何况在古代?那需要多么大的信心、恒心和毅力?

我深深地感到,这里展示的不是文明,而是文明的丧失,是一种被时间遗弃的力量。那些已然倒塌的是现实,而那些被好意修复的,与其说保存了现实,不如说像镜子一样映照出现实的残酷。

对我来说,同样残酷的现实是,在苦等一个多小时后,被告知开往梭罗的商务列车坏了,不得不换乘无空调亦无座位的普通列车。我屈尊坐在行李箱上,看着对面一个表情忧郁的中年人:牛仔裤,黑色 T 恤,冒牌 Hugo Boss 夹克衫。稻田依然无休无止,可车门无论如何无法关闭。也许应该庆幸才对,因为风顺着门缝涌进闷热的车厢,如同上天的恩赐。

——这才是爪哇,我心想,一个在现实性中运转的国度。

那天晚上,我无所事事地去梭罗剧场看戏。买的

VIP票,合人民币2元。当我捏着软软的票根走进去时,发现剧场已经坐了一大半人。有些人在睡觉,有些人在接吻,一个戴着头巾的漂亮女子在左顾右盼。我坐到她身边,可她很快就起身离去。

戏是爪哇传统戏,散发着印度史诗的诙谐与荒诞。散场出来已是晚上十点多,可剧场外依然热闹非凡:一群下国际象棋的光脚男子,一支演奏流行歌曲的业余乐队,几个练习英语发音的大学生,各色各样的沉思者。透过头顶的树叶,新月洒下它的光辉,可兴致勃勃的人们毫无散去的迹象。

回酒店的路上,经过城市的主干道。我惊奇地发现,大街两侧停满了摩托车,成千上万的年轻人坐在、躺在、靠在马路牙子上。

我的第一反应是"肯定出什么事了",但是很快发现,每个人的表情都是那么无辜、闲散、寂寞,还带着一点青春期的迷惘。

我问出租车司机,他们在干什么?

"Just for fun."司机耸耸肩告诉我。

9

从梭罗再次乘上列车,向东赶往庞越,这回需要9个小时。爪哇只是印度尼西亚的第四大岛,但实际走起来,才真切地感受到——那也是相当遥远的距离。

茶色玻璃外是近乎"永恒"状态的稻田,平平坦坦,却看不到任何现代化机械,全由人力和畜力耕种。手头的《雅加达邮报》上说,美国国会规定2015年前,三分之一的地面战斗将使用机器人,但看看近在眼前的爪哇农民,不由感到一种违和感。另外,从西到东一路走过来,感觉爪哇就像一座巨大的粮仓(它也确实被荷兰、日本当作粮仓侵略过)。如今虽然天下太平,可这样的身份也不是"国家独立"或"和平崛起"能够轻易改变的。

火车经过泗水,这是东爪哇的首府。从火车上看,仿佛是连绵不断的棚户屋所组成的钢铁集合体。等待开闸的浩荡人群,骑着摩托车,无一例外的面无表情。不时经过的小溪污染严重,有孩子蹲在水边独自玩耍,太阳惶惶地照着。我想起普拉姆迪亚的小说《人世间》就是以泗水为背景:少年明克进入荷兰人开的贵族学校,在爪哇传统与西方文明的撕扯中逐渐成长。此书被称为印尼的《麦田里的守望者》,然而一百多年过去了,这种撕扯依然存在。

傍晚到达庞越,不幸开往布罗莫火山的巴士已经停运,只好包车前往。不用说,要价高得惊人(合人民币180元),只是作为现实问题,也没有可以替代的选项。

从庞越到布罗莫火山所在的布罗莫拉旺小镇,走山路还要近两个小时。赤道地区天黑早,我怕耽误时间,虽然明知被老板索要了高价,也只能无可奈何。

司机小哥是一个看起来松松垮垮的年轻人,叼着烟卷,双眼通红,说他刚从赌桌下来,我是一点都不会吃惊的。车是印尼产的硬邦邦的吉普,舒适度照例不佳,不过这个自我安慰一下就好。

暮色中,我们穿行在玉米疯长的陌生小镇。伊斯兰的唱经声在天空回荡,路边烤串的烟气四下弥漫。小哥开得很慢,又不时减速,与碰到的任何人(或牲畜)吹口哨,打招呼,然后告诉我:"My friend."

不到半小时,车就没油了。无奈之下,只好掉头回去。小哥自称"身无分文",由我垫付了油钱,他却从对面的小卖部晃出来,买了包烟,悠然点上。这里明明是加油站,墙上也明明贴着禁烟标志,可无论是谁,全都一副满不在乎的样子。

加完油出来,天终于彻底黑透,既已黑透,我也懒得再开口。任由司机小哥在漆黑一团的山路上,以80公里的时速左冲右突。车厢里一片死寂,只有风声和不断响起的刹车声。然而,除了祈祷,我也别无他法。有时甚至想,在这个暴力性的、充满不确定的世界上,能够平平安安地活到今天,本已近乎奇迹了。

小哥突然从裤袋里掏出一个U盘,插入接口,音乐陡然响起,竟是Jessie J的《Price Tag》:

> 金钱买不到满足和快乐,
> 我们就不能慢一点,享受当下?
> 我打包票这样感觉很好!
> 这无关金钱、金钱、金钱!
> 我也不需要你的金钱、金钱、金钱!
> 我只要你跟我舞蹈,忘掉价码……

终于到达布罗莫拉旺,它就在滕格尔火山口的边缘,俯瞰着布罗莫。我顾不得挑三拣四,就入住一家清教徒般的小旅馆。大概因为海拔原因,水管出水困难,可以勉强刷牙,但没法洗澡。我出去买了一瓶Bintang啤酒,就坐在火山小镇自斟自饮。天上没有一颗星,远方是无穷的黑暗。

10

翌日凌晨4点,我们被塞进一辆小型吉普,前往观测点看日出。所谓的"观测点",是布罗莫火山旁边,海拔更高的潘南贾坎山上。如果运气够好,可以看到从古老的滕格尔火山口内崛起的布罗莫火山,它西侧的库尔西、巴托克火山,以及爪哇最高峰塞梅鲁火山(3676米)在日出时的盛景。

吉普在黑暗中一路颠簸,透过侧面的车窗,几乎什么也看不清楚,可能感受到整个世界在迅速后退。司机是个壮实的滕格尔汉子,自如地驱使吉普躲过各种坑洼,轮不沾地往前飞驰。我紧紧握着扶手,闭上眼睛,任由脑浆组织大面积重组。那感觉像是参加追捕任务的缉毒警,或者更确切地说,即将走投无路的毒贩。

半小时后到达观测点。下面早停了十几辆同样型号的吉普。雨后春笋般的游客,不约而同地会聚到这地球的一隅,穿着防风夹克,走完登顶的最后一段路程。出租棉衣和卖棉帽的小贩们,跑上跑下地招徕生意——观测台寒气四溢,如果不是穿了抓绒,笃定会被活活冻死(几年前发生过这样的事)。

我站在观景栏杆前静静等待。眼前是火山的谷底,但此刻一片黑暗,远方同样沉浸在更大规模的黑暗中。我想象着在地球某处,太阳已经从地平线喷薄而出,将巨大的阴影向西驱赶,它的锋刃离布罗莫越来越近了。但是此刻,布罗莫无疑还在沉睡中。不知为什么,周围几乎没有人开口,黑暗和寒冷似乎把一切生气都吸走了。天空适时地下起绵绵细雨,打在土上簌簌作响,像小女孩穿了大人的拖鞋乱跑。一些人离开了,但更多的人选择留下。

光亮的出现似乎只发生在短短的几秒钟里,但却构成了两个世界的分野。这时,我终于可以看清眼前的景致:近处的树木,远处的云海。但雾气过于浓重,看不到火山的踪影。人群开始普遍性地失望,像癌细胞扩散一样,迅速波及每一个人。

"早知道就不来了。"

"这样的天气根本不可能看到日出。"

"当地人可不管这一套。"

"我准备走了,亲爱的,你呢?"

"多等一会儿,我们这辈子来这里的机会可能仅此一次。"

人群还是开始陆续离开,规模随着滕格尔司机上来催促而达到顶峰。最后整个观测台只剩下我和一个西班牙人。

"走吧。"他终于沮丧地说。

可就在这个瞬间,风突然开始把晨雾驱散。我看到山谷间的云雾迅疾流窜。我们停了下来,目瞪口呆地盯着眼前瞬息万变的景色。就在风把雾气全部吹开的短短几秒钟里,我们有幸目睹了布罗莫火山和远方塞梅鲁火山被朝霞渲染的山顶。

"太美了,简直超越了我的想象!"西班牙人激动地宣布。然后,新一轮的雾气便来了,瞬间吞噬了眼前的一切。

回到吉普车上,我们返回火山口边缘,然后越过沙海,下探到滕格尔底部。此时天已大亮,我看到布罗莫陡峭的山体,耸立在辽阔的熔岩沙平原上——它像是一片干涸的黑色河床,荒凉而萧瑟。史前时代的地球景致,恐怕不过如此。滕格尔马夫们披着斗篷,牵着马匹,想把游客送到火山脚下,但大多数人选择步行。

布罗莫火山已经近在眼前,它神秘的坑口冒出滚滚浓烟,仿佛一口滚开的大锅。我沿着落满火山灰的台阶,爬上最后几百米,直抵坑口边缘。热气和硫黄迎面扑来。我知道,只要顺着洞口下去,就可通向地球遥不可知的最深处。然而,纵使现代科技已经如此发达,这依然毫无可能。

山下的沙海一片苍茫,如同月球表面。一座印度教神庙兀然屹立在沙海中央——它的位置如此突兀,造型如此古怪,以至于让我感到它是被湿婆的大手随意摆在那里的。我一下子意识到自己只是匆匆过客——这里是布罗莫的领地,是神的世界。

布罗莫之所以神圣,并非因为它的景观,光是它的存在就已经足够。长久以来,笃信印度教的滕格尔人就生活在对它的知晓中,并且以此作为生活的尺度。16世纪,当伊斯兰教的洪流颠覆了满者伯夷王国,为了躲避灾难,滕格尔人避世于这片荒凉之地。那时,国王没有子女,王后祈求火山之神,帮助他们繁衍子嗣。神灵答应了,赐予了他们25个孩子,但要求年龄最小但相貌英俊的男孩葬身火海,以示报答。王后没能兑现自己的诺言,但勇敢的男孩为了整个王国,甘愿牺牲自己。不管怎么说,是火山拯救了滕格尔人。如今,每到一年一度的卡萨达节,滕格尔人依然会来到布罗莫,向火山口内投掷祭品,祈求神灵的眷顾。

从火山回到布罗莫拉旺,游客们纷纷乘坐早班汽车离开了,有的前往泗水,有的转战巴厘岛,刚才还热热闹闹的小镇,顿时显得空空荡荡。只有等到傍晚,新一轮的客人才会陆续而至,然后是新一天的日出、徒步、火山探险……

我在小镇上随意漫步,发现它真的就在火山口边缘,火山的任何一次大规模喷发,都可能是灭顶之灾。然而,肥沃的火山灰上遍植着山葱,苍绿而茂盛,带着爪哇特有的勃勃生机。在这里,在爪哇,繁茂与毁灭往往只是一步之遥。

一个卖毛线袜的滕格尔小贩朝我打招呼:"你好!你叫什么名字?你是哪国人?"他连珠炮似的发问。这之后,语言不通让我们都奇异地沉默下来。我看到他穿着中国产的夹克,骑着日本产的摩托,于是我递给他一支美国产的骆驼牌香烟。

气氛相当融洽。直到和我挥手告别,他才终于想起什么似的大声喊道:"要袜子吗?布罗莫纯手工!"

11

在无人留意的小城文多禾梭(Bondowoso),我奇迹般地逗留了两日。也许是因为在这里找到了久违的安逸感,也许仅仅是出于旅行即将结束时的忧郁症——我几乎已经走到了爪哇的最东端,在一个闻所未闻的陌生小城。这里棕榈树婆娑摇曳,海风拂面而至,清真寺开始呈现巴厘岛风格,而地里的甘蔗竭力疯长,足有两米多高,在风中簌簌摆动。

旅行至此,我已总结出一种可以称之为"爪哇性"的东西:它是自发的、旺盛的、原始的、热带的、暧昧的、植物性的、永不疲倦的、混乱与秩序纠缠不清的⋯⋯此刻,在文多禾梭,我感到有必要给这次旅行一个强有力的结尾。

我的目光在地图上游走,马上就锁定了旁边的伊真高原。介绍简单清晰地写道:"这片高山区森林密布,人口稀少,有很多咖啡种植园和几处与世隔绝的定居点。

通往高原的道路很不理想,可能正是这个原因,导致前往此处的旅行者数量稀少。"

根据我在爪哇的旅行经验,连游客都极少涉足的地方,那恐怕是相当"原生态"了。我感到一丝隐秘的快乐,暗自做好心理准备,但"爪哇性"事件还是始料未及地发生了。

第二天清晨,坐上之前联系好的吉普车,我发现我雇佣的司机还带上了他的"情人"。

"A friend."他以无关痛痒的口吻介绍。

女孩说她19岁,是旅行社新来的实习生,而司机已经四十开外,发际线明显后移。我问司机,他们是不是男女朋友。

"不不不。"他斩钉截铁地予以否认。

然而在路上,两个人的言行举止却没有那么斩钉截铁的说服力。即便听不懂印尼语,仅仅从他们的肢体语言,也看出未免过于亲昵。

"看车!"

"有人!"

我不得不一次次发出警示,以确保"爪哇性"不会成为"悲剧性"。

后来,我终于找到机会单独问女孩:"他是不是你的男朋友?"

"不是男朋友，"她的脸上浮现出一片水蜜桃般的红晕，"是最好的朋友。"

"……"

不管怎样，我们平安进入"无名之地"，连手机信号（当地卡）也像断线风筝一样不知所踪。此地果然山高林密，虽然路况并不算太坏，但擦肩而过的车辆、行人都屈指可数。仔细想想，司机带女孩来这里也是用心良苦——这里风景优美，人迹罕至，又没有信号，堪称约会圣地。

吉普在狭窄的林间公路上飞驰，柠檬色的阳光透过树叶，斑斑点点地洒落一地。窗外是漫山遍野的咖啡种植园，咖啡树上结满红色的果实。自从欧洲人把咖啡引入爪哇，这里就成了重要的咖啡产地。文多禾梭那些漂亮的荷兰式房子，都是当年种植园主的私宅。

此地盛产"猫屎咖啡"（Kopi Luwak）。是麝香猫偶尔吃下成熟的咖啡果，经消化系统排出体外所得。由于胃液的发酵作用，使咖啡有了一种特殊的风味。不用说，经过这么一番大动干戈，每磅咖啡豆的售价也高得惊人。不过即便在此地，野生麝香猫也已相当罕见。更不要说，还能被人恰好捡到它们排出体外的咖啡豆。

如今的"猫屎咖啡"都为人工养殖的麝香猫所产。这些麝香猫被关在笼子里，每天被迫吃下大量的咖啡果——虽然猫也有各式各样的猫生——但只靠咖啡果果腹的猫,无论怎么看都相当凄惨。只是有需求就有市场。据说,窗外的咖啡果采摘下来后,就会有一部分专门运到麝香猫养殖场,用于生产"猫屎咖啡"。

我们还经过一些不大的镇子,是咖啡工人的聚居地。一致性的建筑,一致性的人生。简单聊了一下才知道,他们的祖辈都是荷兰人从苏门答腊带过来的,如今已经在这里生活了一百多年。一百多年在中国似乎只是转瞬之间的事,而在日复一日的咖啡园,感觉几乎与永远无异。

12

我们此行的目的地是伊真火山。它是爪哇主要的硫黄采集地,拥有一个绿松石颜色的火山口含硫湖,周围环绕着陡峭的火山壁。这里的旅游并未完全开发,直白点说,几乎不存在配套设施之类的东西,但是一些旅行者会来到这里(似乎法国人居多,因为都在说法语),看壮观的火山湖和采集硫黄的工人。

在很多人眼中,这些硫黄工人的生活堪比"人间地狱"。他们每天冒着生命危险,在毒气四散的火山口采挖硫黄,然后把硫黄矿石卖给山下的制糖厂,用于制糖过程中硫熏去除蔗汁的杂质。他们先要爬3公里的陡坡到达山顶,再爬200米的峭壁下到火山口。他们用最原始的方式烧硫黄,然后手拣肩挑,把80至100公斤的硫黄扁担原路扛到山下。如此走完一个来回,需要3到4个小时。他们凌晨两点起床,为的是赶在毒气更加肆虐的正午之前,完成一天的工作。他们每天能挑两趟,赚大约5美元。

在上山的入口处,我看到一个写着"因故关闭"的牌子,和爪哇的大多数牌子一样,只要弯腰过去即可。接下来便是三公里长的山路,山势变化多端,坡度也时急时缓。周围是茂密的丛林,可以近距离地看到长臂猿在树丛间跳跃。比起一片荒芜的布罗莫,这里更像是一个国家森林公园。

天上飘着小雨,山路又湿又滑,可没什么可抱怨的。因为那些与我擦肩而过的硫黄工人,扛着沉甸甸的扁担,依然快步如飞。他们没有登山鞋和登山杖,有的甚至只穿着夹脚拖鞋,人看上去也瘦瘦小小,绝不是想象中大力士的模样。然而就是这样一群人,从事着这份可能是世界上最重体力、报酬却极其微薄的工作。

爬到山顶,我看到一望无际的高原。它如同沉睡的巨象,趴伏在蓝色的苍穹下,仿佛随时可以起身,把世界掀翻。通向火山口的小路破碎不堪,硫黄熏枯的植被,横躺在路上,好像史前动物的遗骸。我走到火山口边缘

"禁止下行"的警告牌前,看到热气蒸腾的绿色火山湖和喷发着硫黄气体的黄色矿床。在这样的高度,一切宛如魔幻电影中的冷酷仙境。

这也就是大部分旅行者选择在此止步的原因。如果下到湖边矿床,至少还需半个小时。那是一段艰险的攀爬,一些路段很滑,硫黄气体势不可当。据说几年前,一名法国旅行者失足坠落,就此丧生。

或许是心理作用,我感觉下去的路极为漫长,每一步都迈得十分沉重。那些硫黄工人还要把重达200斤的硫黄背上去,所付出的辛苦可想而知。越接近火山口,硫黄气体就越猛烈,我不得不戴上口罩(在北京防霾用的),才能保证呼吸,而大部分工人根本没有任何防护措施。他们挑着扁担,挺着胸脯,极为缓慢地走着,好像电影中的慢速播放。我可以听到他们沉重而快速的喘息声和发力时的呻吟。

终于到达热气蒸腾的火山口。湖水在阳光下呈现出一种不可思议的绿松石颜色,而地热通过湖水表面释放出来,变成一片白茫茫的雾霭。在湖畔的硫黄矿上,铺设着几十条陶瓷管道,从火山口喷发出的热气通过管道形成真空加热,大面积熔化着硫黄矿。一种如血的红色液体,沿着陡坡流淌下来。一些工人正在湖边收集冷却成块的硫黄,然后用铁锹砸碎,装进篮子。

周围是如此寂静,无论是湖水、矿床还是人,都悄然无声。我只能听到铁锹击打硫黄的声音,一下,两下,三下,单调地在谷底回响。

我站在这场景中,久久不能开口。即便此刻写下这些文字时,依然感到语言的无力。我深知任何一个简单的陈述句背后,都是无法想象的艰苦现实。有人说这里是炼狱,可对每天采矿的硫黄工人来说,炼狱就是他们的日常生活,如同我们吃饭、散步、朝九晚五地工作一样平常。作为亚洲最大的火山坑,伊真火山的硫黄喷发量为世界之最。这被看作一种幸运。因为在人口日益密集的爪哇,城市和乡村都无法再提供更多供养。对当地人来说,挖硫黄是一份得天独厚的工作,更是一条现实的出路。工人们告诉我,在爪哇,一名普通教师的月收入不过100美元,而他们可以拿到150美元。

为了不忘记这震撼性的场景,我从地上拾起一块金黄色的硫黄晶体,用塑料袋包好带回中国。这样做并非有什么重大意义,也不是为了炫耀自己的"英雄行为",只是为了深深铭记——在这样的世界,还有这样的人,在这样地生活。

突然,火山湖喷发出一阵巨大的烟雾,夹着热气和硫黄扑面而来。工人们纷纷扔下工具,四散躲避,而我还没有反应过来,便感到眼前一片昏暗,泪水夺眶而出,嘴里产生一股强烈的二氧化硫的酸味。我剧烈地咳嗽着,虽然戴了口罩,也毫无作用,肺叶好像都燃烧了起来。

这时,一只手把我拉向旁边的一处背风岩石——是一个硫黄工人,他看到我困在那里,所以出手相助。他也在流眼泪,他也在大口喘气,他没戴任何防护措施,脸上的皱纹里全是黄色粉尘。我们蹲伏在岩石下面,等待火山平息怒气。然后我鼓足勇气,爬回人间。

13

回去的路上,吉普车经过一片林中墓地。小小的墓碑,插在落满树叶的土壤里,没有文字,亦无名无姓。是的,在爪哇,我终究没有发现绝对的事物,也没有发现任何永恒不变的东西。

我见识了繁华而凌乱的雅加达,也看到了被刻意回避的历史。我参观了雄伟的佛塔,却发现它早在一千年前即被遗弃。我整日听到伊斯兰的唱经声,但是明白那只是一种信仰,与爪哇的文明无涉。我在人群散去的火山小镇游荡,发现它美得近乎忧郁。最终我抵达一个强有力的存在,它用人的故事告诉我,这才是爪哇的灵魂。

就这样,吉普车一路向东。我毫无知觉地睡去,醒来已到海边。

白 色 大 象

1

关于琅勃拉邦(Luang Prabang),关于老挝,我又知道些什么?

在我生命的大部分时间里,我几乎一无所知。

对我来说,老挝是一片晦暗不明之地,一个躲在竹帘背后的国度。好笑的是,我对它模糊的想象,全来自于一些越南电影,或者杜拉斯描写湄公河的小说:孤独、颓废,如无尽的雨水抽打墨绿色的庭院。

所以,当我真的坐在从会晒到琅勃拉邦的慢船上,沿湄公河而下时,我感觉我正在追寻一段瓷器般易碎的梦境。一种隐约的兴奋感,始终包围着我,就如同四周的山林,始终包围着大地。

到达琅勃拉邦时,天色已晚。湄公河像一头黑色的长发,继续平静地流淌。转弯处有大片白色的冲积平原,沙石砾砾,却空无一人。我的目光穿过低垂的榕树,望见浦西山上熠熠放光的宝塔。路边有一尊巨大的金佛,十米高,披着袈裟,站在镶满宝石的佛龛中。夜色中,他慈悲地俯视着我,静虑的姿势,庄严而神圣。那一瞬间,我感觉自己穿越了时间的河流,来到了一个仍旧古老的世界。

这也正是像我一样的旅行者来到琅勃拉邦的原因——寻找在世界上很多地方业已遗失的记忆。

2

来琅勃拉邦,第一件事是观看清晨的布施。

早晨六点,成群结队的僧人已经赤脚走出寺院。在琅勃拉邦的大街上,在淡淡的晨雾里,年轻的僧人们披着橘红色的袈裟,挎着黄铜色的钵盂,明亮而鲜艳。

街边跪满了虔诚的布施者。当僧人们走过,布施者打开竹篮,把准备好的糯米饭、香蕉、饼干、盒装果汁放进僧人的钵盂里,然后双手合十,静静祈祷。仿佛是默片电影中的画面。在这个笃信小乘佛教的国度,清晨布施的传统如同往复的白昼,超越了战争、苦难、意识形态的缠斗,每日降临在这片土地上。

每天清晨,僧人们托钵而行,得到的是一天的饮食。

这种源自小乘佛教的传统,总是让人感到欣慰。僧人们接过食物时,脸上带着几分庄重,而布施者的表情只能用圣洁来形容。他们说,从面前走过的每一位僧人,都是佛祖释迦的化身。

"试想一下吧,这是多么伟大的福报!"

为了布施,很多山民天不亮就起床,走上几小时的山路。雨季时,这几乎算得上一种苦行。他们皮肤黝黑,头发蓬乱,朴素的衣着显示着生活的艰苦,然而这并不妨碍他们表达虔诚。他们把一小团糯米饭放进僧人的钵盂里,眼神中流露出喜悦和安然。这种喜悦和安然,随着僧人的脚步,走过皇宫,走过街边的碧树,走过一栋栋法式别墅,琅勃拉邦的山河仿佛都沉浸在这种喜悦和安然中。信仰的确是一种伟大的发明,正因为有了它,人世的苦难才显得可以忍受。

布施的人群里不乏像我一样的游客。他们很多来自泰国,也有不少来这里怀旧的法国人,仍然喜欢对一头雾水的老挝人讲法语。这些年,中国人也多起来。他们大都是1997年亚洲金融危机后涌入老挝的。据官方统计,中国在老挝的侨民有3万人,而实际数字可能是它的10倍。这支浩荡的大军很少出现在布施的队伍里。他们很实际,都是来做生意的。在郊区的小商品市场里,他们忙碌地贩卖着国货。

我曾问一个刚从四川过来的中国商贩,他是否到过琅勃拉邦的老城区。

"只去过一次,"他说,"皇宫可比咱们故宫差远了。"

我又问他是否参加过布施。

他摇头:"那东西有啥子用?"

在中国人的哲学里,生存总是比信仰重要。如何在一个飞速发展的庞大国家找到自己的立锥之地?——这听起来似乎有点滑稽。但是当你看到这位四川商贩不远万里来到老挝谋生,就会明白这是多么严肃的现实问题。

在琅勃拉邦的清晨,我随着僧人的脚步一路前行。路边的布施者连绵不绝,其间还夹杂着很多拿着口袋或箩筐的穷苦孩子。刚开始我很奇怪,因为这些孩子并不布施。恰恰相反,当僧人们走过时,还会把自己的一些食物分给他们。

后来我才明白,这是一种以佛教为中心的社会救济系统。僧人既是受供养者,也是财富的再分配者。通过这个系统,富人获得了心灵的慰藉,穷人得到了生存的口粮,而信仰的重要性就在于它提供了一种双方都认可的意识形态,把分散的民众聚合到一个共同的框架内。无论大国小国,无论现代古代,只有做到周富济贫,才是文明的本意。

布施只持续半小时,僧人们绕城一周,便回到各自的寺院。街上很快恢复了清晨的宁静。故道白云,好像什么都没有发生过。因为如此不动声色,很多游客常常来了很久,还不知道每天清晨都有这样的仪式发生。

3

在很长的岁月里,琅勃拉邦一直是东南亚的文化和政治中心,也是老挝的前身澜沧王国的首都。昔日的辉煌仍能从众多寺庙和金碧恢宏的皇宫中看到。当我流连在这些寺庙中时,我的脑海里常常回响着一个词:"文明的造型"。

比如,我在香通寺里看到的这尊卧佛。它并非右手支撑头部的传统姿势,而是曲肱而枕。它的雕琢如此细腻,有着老挝特有的古典之美。脚踝处向外盘绕的袈裟,如同一簇簇跳跃的火焰。惊叹之余,我问自己:一个地方的文明,总会以它特有的造型出现,而决定这种造型的力量又是什么呢?

我试图通过老挝的历史寻找答案,然而一旦有了粗浅的了解,我感到的却是分明而钝钝的苦楚。历史上,老挝是一个过于悲惨的角色,几乎所有邻国都反复占领和统治过这里。而老挝人引以为傲的艺术品,不是被摧毁就是被掠走。

或许正因为如此,老挝人喜欢说"baw pen nyang"(意为"没问题"),这是老挝国民的口头禅。当太多东西无法掌控在自己手里,除了在精神上忽略它,还有什么更好的办法呢?

即使在最辉煌的时期,老挝也不愿发生任何根本性的变革。唯一的变化,只是各种佛教用品日趋精致而已。老挝人向我提到一位叫作维苏的国王,他的功绩是把勃拉邦佛设立为澜沧王国的守护神。这尊来自斯里兰卡的佛像,安置在维苏寺里。领主们必须在这座佛像前向国王宣誓效忠。这也成为"琅勃拉邦"名称的由来——"勃拉邦佛像之地"。

老挝与邻国的关系始终紧张。一次,有人捕获了一头罕见的白色大象,送给澜沧国王赛尼亚。当时,白色大象是整个东南亚权力的象征。越南的黎圣宗听说后,就要求证实大象的颜色。赛尼亚命人把装有象毛的宝盒送往越南。途经川圹王国时,川圹国王命人取出象毛,在宝盒里装了一小坨粪便,借此羞辱强势的越南人。黎圣宗收到宝盒后勃然大怒,却把账记在了老挝人头上。他派出大路人马讨伐澜沧国,攻下了琅勃拉邦,将其洗劫一空,赛尼亚也落荒而逃。不过恰在这时,越南军队染上了疟疾,大批倒下,澜沧国终于得以收复失地。

凭借着天幸与菩萨的保佑,老挝一路走来,但最终逃不开分崩离析的命运。老挝开始向暹罗、缅甸和越南纳贡，之后又遭到中国黑旗军的洗劫，最终在法国的炮舰外交下屈膝投降。老挝仍然维持着缓慢的步履。除了建起了一批法式别墅，让皇室贵族们养成了穿西装、喝咖啡的习惯，似乎别无改变。

在过去的皇宫，如今的皇家博物馆里，文明的碰撞随处可见。国王会客室的墙上，是法国画家阿力克斯·德·福特罗1930年绘制的壁画。典型的欧洲画风，描绘的却是老挝传统生活的场景，但我仔细观察后发现，她把老挝人的眼睛画成了蓝色。

也许，在一个艺术家眼中，整个19世纪的法国都处在一个把农民变成法国人的漫长过程中。法国人决心使每个殖民地都成为帝国的一部分，而这很快成了他们的负担。

在琅勃拉邦，法国人推行了一系列政策，但收效甚微。不过，至少在改造皇室贵族的品位方面，法国人做得不错。在陈列馆里，我看到了西萨旺·冯国王穿过的西装和一双白色的 A. Testoni 牌敞口便鞋，还有王后穿过的法国新款时装。

这些衣物让我想象着那个时代。在这座舒适的宫殿里，国王的画像仍然历历在目，餐桌上杯盘齐整，刀叉排列井然，仿佛期待着亡灵归来。然而，一切都已化为陈迹。

一个老挝导游告诉我，1975年共产党人胜利后，国王被送进劳改营，其余王室流亡海外。

直至今天，许多琅勃拉邦人仍然相信，皇宫内阴魂不散。几乎没有人敢在黄昏后走入皇宫。

4

与东南亚众多旅游目的地相比，琅勃拉邦有一种世外桃源之感。它不追求高与大，对现代性也没那么热心。或许是出于一种强烈的传统意识，它一直维持着法国探险家亨利·穆奥在19世纪时做出的描述："一个讨人喜欢的小镇，占地1平方英里，只有7000至8000名居民。"

如今，琅勃拉邦仍然是一个可以用脚丈量的城市。尤其是对那些深受城市无节制扩张之苦的游客来说，这些小街小巷反而给人以一种十分亲近的感觉。

漫步在街上时，我时常惊叹于那些承载着信仰伟力的宗教建筑。我也惊叹于这里世俗生活的方便：五步之内必有餐馆，十步之内必有商店。更不必为住宿发愁。那些与周围环境融为一体的普通民宿，仔细一看，很多都是酒店。还有遍布街道两侧的咖啡馆、餐厅、SPA……

尽管整个老挝没有一家肯德基或麦当劳，但是不少顶级酒店已经进驻琅勃拉邦。安缦集团将一个老旧的医院改造成了最奢华的旅馆,悦榕庄把老挝王子桑维纳方姆的别墅改为了小型奢侈酒店。在这里,你可以一边听雨水打在房檐上的滴答声,一边享用早餐,或者在夕阳西下时,看着人群涌入夜市。如果要说琅勃拉邦发展的最成功之处,那无疑就是有效地抑制了丑陋的现代化对传统的侵袭。

老挝人崇尚无须提高生产力的经济发展,由此也衍生出一套独特的生活美学。他们强调清心寡欲,忌讳强烈的感情。不以物喜,不以己悲,像一朵低空开放的花儿,朴素清丽。法国人曾总结说:"越南人种稻,柬埔寨人看稻长,老挝人听稻长。"然而,高傲的高卢人也承认,老挝人的处世态度太具魅力而无法抗拒,他们看中这点,不愿离去。

一天午后,我像老挝人一样,在南康河边乘凉。竹桥下,一个老挝男人坐在独木舟中钓鱼,一位农妇在山间采草药。河风吹过,芭蕉叶、竹叶飒飒作响,熟透的椰子应声而落,"咚"的一声,惊醒了一个午睡的男人。

这样的场景在琅勃拉邦稀松平常,却让我为之着迷,也吸引着那些被现代性裹挟得晕头转向的人们。

路易斯·罗耶在1935年的小说《老挝女人凯姆》里描绘当时在老挝的法国人:"他们已被当地的懒散腐蚀,

就这样过他们的日子;他们所要的只有清澈的天空、美味的水果、新鲜的饮料和容易得到的女人。"

问题是,这难道不是人类理所应当的归宿吗?尤其是当我们受够了污浊的空气、污染的水源和有毒的食品时;或者,当我们开始认真对待保罗·高更的提问:"我是谁,我从哪里来,我要到哪里去?"

文明给我们带来了便利,也让我们丧失了本来唾手可得的东西,而琅勃拉邦所展现的恰好是一种无为的魅力。

黄昏时分,我登上皇宫对面的浦西山。虽然只有一百米,却是琅勃拉邦的最高峰,足以俯瞰全城。眼前是重峦叠嶂的青山,云雾在山外缭绕,南康河和湄公河在这里奔腾不息。仅有几条街道的琅勃拉邦,更像是一个山河间的孩童,谦卑地承受着夕阳的爱抚。

我和很多游客一起坐在山顶的石阶上。没人说话。仿佛大家都已被眼前的景象感染。山下的寺庙隐隐传来晚课的钟声。我们倾听着,这个黄昏因此显得意味深长。

5

于是我变得很难相信,这个静谧的国度,这个佛陀的世界,还保持着另一项世界纪录:历史上人均遭受轰炸最严重的国家。

1954年,法国在奠边府战役中失败,放弃印度支那,老挝遂成为美苏对峙的战场。一边是老挝共产党和越南人,另一边是皇家老挝政府和美国轰炸机。苗族将军王宝则带领着他的非正规军与越南人殊死抵抗。

10年间,美国向老挝投掷了超过两百万吨炸弹,致使无数老挝人流离失所,琅勃拉邦一度成为空城。直到今天,战争的后遗症仍然存在。据统计,有超过五千万颗炸弹仍然埋在老挝境内,造成每年上百人的伤亡。

1975年以后,共产党掌握政权,大批前皇家老挝政府的人员逃亡国外。那些留下的人则相信,琅勃拉邦的象征——勃拉邦佛已被新政权移走,放在那里的是一座赝品。这些传言似乎并无根据,只是表明了人们对新政权合法性的怀疑和对逝去的君主制的伤感。

这种伤感中也带着对昔日辉煌的怀念。在没有君主的时代,许多老挝人对于泰国王室的一举一动表现出了浓厚的兴趣。诗琳通公主的定期访问,成为老挝人民快乐的源泉。由于两国的文化结构类似,老挝人喜欢将泰国王室视为老挝王室的替代品。

不过,老挝人对泰国的感情复杂而矛盾。一方面,他们崇拜泰国的文明程度,从20世纪80年代开始,他们就通过泰国的电视节目热忱地关注着这一切。另一方面,他们也了解到泰国由于经济快速发展而产生的一系列负面结果,他们认为这是泰国人的典型特质,这其中包括吸毒、卖淫和离婚。

老挝人仍然单纯。这从本地最受欢迎的杂志《现代更新》中可见一斑。这本杂志经常讨论如下问题:"男人为什么不想结婚?""为什么一些女人能够甘愿做小三?"以及"万象,什么时候你的交通才能够彻底瘫痪?"

老挝共产党获胜后,许多当年反抗过它的苗族人选择流亡美国。因为那里也是他们的领袖王宝定居的地方。他们在新的家园建起社区,凑钱建造寺庙。不过,那些成年后才离开老挝的人仍然难以适应移民环境。他们热爱家乡,满怀乡愁。许多人认为逃亡只是暂时的。可是,当他们的孩子也长大成人,并渐渐融入当地社会时,他们才发现逃亡成了和故乡的诀别。

20世纪90年代起,他们的后代开始回国探亲,或者回到父母当年所在的村子。老挝历史上的第一部电影《早安,琅勃拉邦》,讲述的就是一个在澳大利亚长大的年轻记者,回到故乡并爱上当地女导游的故事。

2009年9月,老挝政府宣布流亡在外的老挝同胞可以获得"荣誉公民"称号。他们可以重返老挝,并取得老挝护照,尽管"荣誉公民"没有参与政治活动的权利。不久,王宝将军发表讲话,称他计划返回老挝。

"我们现在需要做出改变。"他说,"老挝政府正试着敞开大门,我们应该把事情摆在台面上,平心静气地谈谈。"

此后,老挝的一位外交发言人提醒王宝将军,他在1975年年末已经被宣判死刑,而他想进行的任何谈话都应在行刑之后再说。

这位发言人讲话时,没有一丝的嘲讽。

6

夜幕降临后,皇宫门前会变成了一片红色的海洋。苗族妇女们搭起红色帐篷,点上灯泡,贩卖手工艺品、麻布衣裳和藤草编织的凉鞋。

红色帐篷一个紧挨着一个,密得遮蔽了整条街道的天空。曾经的皇家禁地,变成了平头百姓的乐园,就像中国古诗的意境:昔日王谢堂前燕,飞入寻常百姓家。

几年前,苗族的反政府武装被平定,现在苗族人开始现实地做起生意。浆染的麻布衣、细编的草鞋原本就是他们的特长,如今这些物件被各国的游客买走,漂洋过海。如同亚洲很多国家,风云变迁容易让人兴叹,却势不可当。

不过,琅勃拉邦从未失去灵魂和记忆,这也是它能够吸引众多游客的原因。

一天上午,我乘坐跨江渡轮,来到湄公河对岸的班香曼村。与琅勃拉邦一河之隔,这里仍然是三十年前的世界。我骑着旅馆的自行车,经过山间散落的村寨,原野上孤独的木屋。阳光炽烈灼人,土路伸向群山深处,好像没有尽头,而我的目的地是坦香曼寺——一座历经百年的寺庙,建在百米深的石灰岩洞中。

我跟随一个光脚的老挝少年进入岩洞。他打着手电筒,我跟在身后。洞穴黑而狭长,脚下的石阶湿滑异常。我努力睁大眼睛,因为有众多残缺老朽的佛像,立在黑暗的岩石间,藏在绽裂的石缝里。老挝少年说,在战乱的年代里,虔诚的老挝人冒死将这些佛像带到这里,如同保存火种。

此刻,在黑暗中,对每座佛像的位置都了然于胸的老挝少年,一次次把光束打向岩间,并提示我:"Buddha(佛陀)。"

跳 岛 记

1. 马尼拉的枪声

从地图上看,菲律宾是太平洋上一连串大大小小的岛屿,岛屿之间均有渡轮连接,而且票价不贵。这让我想以乘船的方式,进行"跳岛"(Island hopping)旅行。

我的"跳岛"计划是从吕宋岛的马尼拉出发,一路向南,经过民都洛岛、长滩岛、班乃岛、内格罗斯岛、宿务岛,最后抵达离棉兰老岛很近的薄荷岛。我想看看每座岛屿的不同风情,在偏僻的海滩或者热带雨林中隐居、读书,兴之所至地游泳、潜水、观鲸,看一场著名的斗鸡比赛……

这样一趟旅行花不了多少钱。我刚翻译完海明威的《流动的盛宴》,版税也该到了。我办好签证,收拾好行李。这时,一位在菲律宾工作的朋友发来一个 VICE 视频,拍的是菲律宾猖獗的毒品犯罪。

"我知道你旅行时喜欢去偏僻的小巷,但在菲律宾一定要小心。"朋友说。

"我可是从利马和马拉喀什的贫民窟活着回来的人!"

"菲律宾不一样。"

"怎么不一样?"

"这里的毒贩和警察都喜欢开枪。"

我收下了朋友的忠告,但坦白地说,没怎么放在心上。结果,到马尼拉的第二天,凌晨一点,正躺在旅馆床上的我,被枪声惊醒了。

"啪啪"——那是两声巨大、突兀,但是有点干瘪的声音,像是贝都因人在沙漠里抽鞭子。接着,周围又恢复了平静。只有汽车声隐约从窗户缝中钻进来。

我确定那是枪声,于是一跃而起,快步走到窗前。我的房间位于旅馆顶楼,望出窗外可以看到零星的灯火和不远处住宅区的轮廓。住宅区旁是一块黑压压的平地,有树木的剪影。白天路过时,我知道那里是市中心的一座墓园。

我想,说不定枪声就是从墓园传来的,有毒贩在墓园中交易,中了警察的埋伏。在电影里势必会有一场枪战,一场在马尼拉贫民窟屋顶上的跑酷,但那只是在电影中才会发生的。现实世界里,只有两声枪响:干脆、短促,然后一切戛然而止,就像什么都没有发生过。

我之所以想到毒贩,是因为充满争议的缉毒行动,正在菲律宾如火如荼地进行。这场声势浩大的运动,由菲律宾总统罗德里格·杜特尔特发起,已经在全国范围内击毙了7000名毒贩和嫌疑人。菲律宾的报纸上充斥着毒贩喋血的照片,有些毒贩的脖子上还挂着警示他人的牌子。这引发了国际人权机构的一片质疑和声讨。

我在报纸上看到,警察正在马尼拉的贫民窟进行所谓的"敲门认罪"行动。他们走访与毒品有关的家庭,敦促这些人主动自首。政府报告说,在行动的前两个月,就有多达七十万瘾君子自首——这可能是人类历史上最大规模的集体自首行为,连吉尼斯世界纪录都颇有兴趣。

马尼拉的治安似乎到底有了些起色。第二天打车去因特拉穆罗斯的路上,出租司机告诉我,现在晚上也敢拉活儿了。

"以前在僻静的小巷里,到处是醉鬼和抽烟、吸毒的人,最近几乎看不到了。"

当听说我从中国来时,他略带调侃地笑道:"哦,我们总统最好的朋友!"他指的是杜特尔特上任后不久的"破冰"访华。

在马尼拉迷宫般的街头,仍能看到杜特尔特的海报。海报上的杜特尔特年轻、庄重,甚至有点斯文,与他给人的真实印象截然不同。他敢在公众场合骂奥巴马是"婊子养的";当记者要他澄清自己的健康状况时,他反问道:"你老婆的阴道有没有味道?给我一份报告。"

对于杜特尔特的语言和行事风格,菲律宾人倒是颇为倾倒。证据是,即便如此口无遮拦,杜特尔特还是在大选中赢得了压倒性的胜利,领先竞争对手六百多万张选票。

我问司机是怎么看杜特尔特的。在随后的"跳岛"中,我也会不时问问碰到的菲律宾人——这是大家喜闻乐见的话题。在很多人看来,杜特尔特的胜利表达了菲律宾人对精英政治的失望情绪。

"民主当然是好的,"在车流中不断变挡,左冲右突的司机说,"但是并没有给我带来实实在在的好处。"

"你觉得什么是实实在在的好处?"

司机想了想,开始向我抱怨起马尼拉的交通。他说,因为太堵,一天下来根本赚不到钱。

"什么时候交通好了,对我就是实实在在的好处。"他一边打轮超车一边说,看上去一点都不乐观。

我们跨过帕西格河,进入因特拉穆罗斯。在这里,司机的梦想以一种出人意料的方式实现了。西班牙统治时期,因特拉穆罗斯是马尼拉的中心,遍布着教堂、学校和广场,如今却像驾照考试的考场一样空空荡荡。这里没什么汽车,没什么行人,就连东张西望的游客也没有几个。

我早就听说马尼拉没什么"像样"的景点。虽然西班牙、美国和日本相继占领过这里,但是随之而来的战争又无情地摧毁了一切。和汉堡、华沙、广岛一样,马尼拉也是一座在"二战"废墟上重建的城市,仅是著名的"马尼拉战役"就导致了十五万平民死亡。

那还是需要巷战的年代,易守难攻的因特拉穆罗斯沦为了一片瓦砾,成为战争残酷性的注脚。这里至今都有一种被遗弃后的荒凉感。

我看了几座西班牙教堂。因为地震和战争,教堂几乎都是建了又毁,毁了又建。好在这些庞然大物对自己所经历的沧桑不事张扬,因此产生了一种可以称之为"优雅"的美感。

正是弥撒时间,马尼拉大教堂的木质长椅上,坐满了当地信众。牧师庄严地布道,而我站在门口,望着教堂举重若轻的穹顶,仿佛它正在劝导人们要以同样的姿态面对人生的苦难。

天主教无疑是西班牙人留给菲律宾最大的一笔遗产。环顾整个东南亚,改信欧洲殖民者宗教的国家只此一地。虽然越南也发生过改信宗教的情况,但是其广泛性和普遍性都不能与菲律宾同日而语。

19世纪时,菲律宾人开始反抗西班牙的统治,他们建立了自己的国家身份,但是这种身份却仍然与天主教的重要性紧密联系在一起。

"Señor, Señor!(先生,先生!)"当我走出教堂时,卖纪念品的小贩追上我,徒劳地说着西班牙语,想从这个没什么人气的游客区,榨取一点微不足道的收入。

我刚摆脱他,马上又有两个小男孩一言不发地走到我面前。他们一边伸出手,一边唱起圣诞歌。他们的衣服挺干净,看上去不像专业乞讨者,倒像是出于某种兴趣爱好的"兼职"。此时离圣诞节还有一个多月,他们为什么要祝我圣诞快乐?我一脸茫然,渴得要命。他们敷衍了事地哼了两句,转身走了。

拐角处有一个星巴克的招牌,上面黑白线条的塞壬海妖,仿佛是因特拉穆罗斯还未被世界遗忘的唯一证据。我走过去,却发现这家星巴克大门紧闭,态度像拒绝了海妖的奥德修斯一样坚决。只有一个发际线严重后移的警察,坐在门外吹着电扇。

电扇是他自己带来的,包装盒刚刚拆开。牌子是令人生畏的"强悍妈妈"。不过吹着电扇的警察倒是一脸回到童年的恬静。我问他星巴克还开不开。他说:"closed,关了。"我问他附近有没有吃饭的地方。他指了指有一片高楼的远方。他看起来不像个真警察,可皮带上挂着枪套,里面看上去倒是真家伙。

其实,在残留的城墙外,就有一排卖餐食的小铺,卖的都是油汪汪、黑乎乎的菲律宾暗黑料理。见我路过,精瘦的店主向我打了个胜利的V字手势,仿佛在说:"瞧,生活还不是得继续过?"

整个东南亚的饮食都堪称丰富多彩,为什么唯独菲律宾菜给人一种自暴自弃的感觉?我曾经一厢情愿地以为,这里到处都是海鲜,便宜又多,但除了一种叫"bangus"的炸鱼,普通菲律宾餐馆里几乎见不到什么海产品。

因为宿务杧果干大名鼎鼎,我以为到了菲律宾就可以大吃特吃新鲜杧果了。然而,在马尼拉的大街小巷,几乎见不到卖水果的摊位。

问问菲律宾人,他们也摸不着头脑,或者不如说从没考虑过这个问题。随着旅行的深入,我才渐渐得出结论:菲律宾虽然盛产杧果,但是价格并不便宜,不是普通人可以随心所欲买来吃的。加之交通不便,运输困难,大量的杧果都被晒成了杧果干,用来赚取宝贵的外汇。

我和马尼拉有一点虚无缥缈的渊源。很久以前,我有一位远房的亲戚移民到了马尼拉,在这里落地生根。或许正是这个原因,在一个忧郁的马尼拉黄昏,我去城市北郊的华人义山看了看——这里埋葬着马尼拉富有的华人族群。

墓园坐落在一个小山包上,淡红色的薄暮中,可以看到远处城市的滚滚红尘。整个华人义山看上去就像一个死人版的贝弗利山庄,抽去了其中的浮华,代之以静谧和阴森。

笔直的柏油马路旁,是一致性的精致"豪宅"。除了少数天主教风格的陵墓,大多数祠堂有着中式风格的雕梁画栋,像古代有钱人家的宅院。大门两侧刻着对联,上面悬挂着"葬此佳城",或者"陇西衍派""颍川衍派"这样自述源流的额匾。

从这些字眼里,不难看出一丝淡淡的乡愁,还有衣冠南渡、背井离乡的悲壮。马尼拉因贸易而繁荣。来自印加帝国的金银与来自中国的货物在这里汇聚,而商业正是由这些马尼拉华人运作的。祠堂里供奉着逝者的照片或祖先的画像,石制棺材上陈列着供品和鲜花。逝者的生平刻在石碑上。漫长的一生,往往化成寥寥数十字,但是开篇必要追溯祖上来自何方。

我想起黑海边上的港口城市康斯坦察,那是古罗马人的海外属地,诗人奥维德的流放之所。我曾在那里看过古罗马人的墓地。墓志铭是拉丁文写成的,但是后人为其配上了解说。我记得其中一块墓碑是这样写的:

你好，过客！你停下脚步，在心中问道：躺在这里的人是谁？从哪里来？听着，陌生人，让我告诉你我的故乡和我的名字：我的祖先来自希腊。母亲是雅典人，父亲来自赫尔迈厄尼。我的名字叫埃菲法尼亚。我一生中去过很多地方，航行过整片大海……

同样是巨大文明的异乡，同样的落寞和忧伤。不同的是，康斯坦察的墓园已经沦为考古遗迹，而华人义山却比马尼拉大部分活人居住的地方都要整洁、豪华——有的陵墓装有水晶吊灯、空调，有的配备了冷热自来水、厨房和抽水马桶。生前富贵，死后亦要荣华——这是华人心中的理想。相比之下，菲律宾的穷人则现实得多，他们住不起好房子，就干脆搬进墓园。这些气派的陵墓，的确比露宿街头，或者住在随时可能被台风吹走的棚屋里要舒服得多。

果然，我听到了炒锅的声音。循声走过去，看见一个菲律宾人正在配备了厨房的祠堂里做饭。地上摊着锅碗瓢盆，一台黑色半导体收音机播放着广播。他看上去一脸平和，享受着这尘世边缘的小确幸，甚至没有注意到我从旁边经过。

华人义山很大,遍布整个山头。一座连一座的祠堂,看上去也极为相似。暮色降临,一阵凉风吹过皮肤,我这才发现自己绕来绕去,迷失在了墓地里。我看到一辆轻轨从墓园一侧的大门旁经过,车厢里点着刺眼的白炽灯,挤满了通勤的马尼拉人。人们面无表情,目光空洞,就像铁轨下面的墓园。火车呼啸而过,在不远处的站台上吐出疲惫不堪的人群。

我想从那里出去,搭乘轻轨,然而走过去才发现墓园的大门紧锁,旁边是一片未完工的瓦砾和一座废弃的祠堂。天几乎完全黑了,不知名的虫子在热带的草丛中鸣叫,火车渐渐远去,远去的声音充满了孤独感。而我突然开始怀念马尼拉混乱不堪的生活。

我花了很长时间,才最终绕出墓园,搭乘轻轨回到市区的埃尔米塔。街边的餐厅灯火通明,油脂烧焦的气味在空中飘荡。到处是灯红酒绿的招牌。小酒吧门口站满了招徕生意的舞女,对你说着英文或日文。

"不来一杯吗?"一个舞女问我。

我想了一下,这或许才是"葬此佳城"的真正含意吧?

2. 去往大帆船港的螃蟹船

离开马尼拉,我坐上去八打雁港的大巴,准备在那里换乘螃蟹船,前往民都洛岛的加莱拉港(Puerto Galera)。

坐螃蟹船完全是第一次。这是一种木制小船,船舷外有两根竹子做成的浮杆,形似螃蟹腿。据说海上波涛汹涌时,螃蟹腿有助于保持船体稳定,不易被浪掀翻。

船不大,凡是能下脚的地方都坐了人。旅行指南上说,超载是菲律宾渡船事故的主要原因,但问题是没有更好的选择。无论哪艘船都塞得满满当当。似乎有多少船,就会有多少人将船塞满。作为现实策略,只能系紧船员丢过来的泡沫救生衣,然后一切听天由命。

刚一出海,一个不算大的浪头就打进了船舱,把侧翼的乘客打成了落汤鸡。之后,螃蟹船就像义乌小商品市场里的玩具,不时被大海腾空抛起,又重重跌落。

所幸那天晴空万里,海面虽不是波澜不惊,但也没有大风大浪。晒得黝黑的菲律宾驾驶员,耳朵上挂着香烟,潇洒至极地催促着引擎。超载的螃蟹船就这么半飞不飞地飞驰在海上。

螃蟹船的另一大特色是引擎声足以震到耳膜出血。为了转移注意力,我开始观察船上的乘客。我发现船上有一位肌肉极其发达的大叔。此人长着一张拉美人的黑红脸膛,穿着紧身骷髅头背心,戴着一副绿松石大项链。全船人都穿着臃肿的救生衣,像等待救济的幸存者,唯独他洒脱地把救生衣踩在脚下。不管风浪多大,船只怎么颠簸,都是一副泰然自若的样子。他戴着雷朋墨镜,扬着下巴,不时看看手机上发来的信息。我注意到,他的右手无名指被砍去了一节!

不管怎么看,他都更像是一个拉美毒枭或者合同杀手,在去加莱拉港完成任务的路上。他的随身行李只有一个双肩包,里面装的好像也不是什么"浮潜三宝"。

在加莱拉港,我提前预订了一家潜水酒店。我不打算在这里潜水,但是凑巧看到了酒店的网站。上面自吹自擂地列出了自己的很多优点,其中一条是"挑逗的女侍应生(Flirty Waitress)"。

菲律宾女性素以性感奔放著称,在这样的地方还能以"挑逗"取胜,肯定功夫了得。虽说我对女生挑逗与否没有太高要求,但还是好奇心起,决心一探究竟。

酒店就位于加莱拉港的码头旁,是一家普通、平价、面向潜水爱好者的本地酒店。我发现,除了打扫卫生的阿姨,能称为"女侍应生"的只有坐在前台的女孩。她正吹着电扇,无聊地玩着手机。

我试着说了声"有预订",她冷冷地抬起头。戴着牙套,很瘦。两只眼睛的距离有点远,像小牛的眼睛。

她"啪"地打开登记簿,让我自己登记。说话中规中矩。与其说挑逗,毋宁说有点冷冰冰。我怕自己记忆有

误,在房间一放下行李就拿出手机,查了查"flirty"这个词:

1. 调情的;轻浮的
2. 性感的;有女人味的

当然,我的印象很可能是片面的——经常如此。我也无意把自己的印象强加给读者。希望不要因为我这样的描写,就对那个女孩,乃至那家酒店丧失信心——这绝非我的本意。

况且,相比挑逗的女侍应生,我更欣赏酒店的位置。从房间窗户望出去,就是蓝色的大海和停泊在港口的白色帆船。我突然明白这里为什么叫"加莱拉港"了。在西班牙语里,"加莱拉港"就是"大帆船港口"的意思。

那天晚上,我坐在露台上喝生力啤酒,看夜潜归来的螃蟹船。大雨将至,闪电点亮了远处的山峰,也照亮了坠满椰子壳的海岸线。螃蟹船的大灯像一把匕首划破海面,四五个潜水者打着手电筒走上码头。一只猫看了看我,然后蹑手蹑脚地从铁皮屋顶上走过。和菲律宾的狗一样,这里的猫也瘦得不像样。

积雨云移动到了穆埃列湾上空,顿时暴雨如注。住在隔壁的日本老头同时带回来两个菲律宾女孩。其中一个在走廊上看了我一眼,肩膀上露出透明的胸罩吊带。她还算漂亮,但有心事,或许再过十年,她的眼角就会出现几道美丽的鱼尾纹。

因为隔音差,那晚我睡得很不好。加莱拉港是外国年长侨民的乐园。他们来这里寻找爱情,寻找菲律宾女孩结婚。你甚至可以找到专门的网站,介绍此类事情的经验。

整个东南亚都不乏这样的故事。在万象的湄公河畔,我碰到过一个法国老头。他直言不讳地说,自己是来万象找老婆的。刚到不久,他就去做了一次老式足疗。当那个年轻俏丽的老挝女孩,把他的老脚捧在怀里揉捏时,他说自己一下子就爱上了对方——不可抑制。

"让一个法国女人给你捏脚?"他激动地直嚷嚷,"这完全不可想象!"

港口旁边是几家面朝大海的酒吧,同样坐满了喝啤酒的外国人,谈论着类似的话题。一家酒吧餐厅装修成了蓝白相间的地中海风,铺着白色餐布,点着蜡烛,但却无人问津。我在这里打了一艘螃蟹船,去穆埃列湾西侧,椰林掩映下的游艇俱乐部。

那是个美妙的地方,除了停泊的游艇,山间的别墅,还有一间能够俯瞰海湾的酒吧,被厚重的热带植物包围。

每到日落时分,久居加莱拉港的外国侨民,就会纷纷来到这间黄色灯泡点亮的酒吧,围着白色的吧台喝酒。

酒吧里有一张台球桌,常客都有自己固定的球杆。这天,一个大腹便便的英国老头正独自打台球,旁边站着一个七八岁的法国小男孩。

"你愿意来一盘吗?"老头问小男孩,目光中露出期待,或许想到了自己远在康沃尔郡的孙子。

小男孩的英语不好,要不就是有点害怕。老头每次说什么,他都要叫在吧台喝酒的爸爸,于是英国老头不得不把刚才那句无关紧要的闲话再重复一遍。

"晚上好,姑娘们!"两个美国口音的老头走进来,对吧台的女孩说。

他们要了生力清啤,然后聊起来。其中一个人显然刚到不久,是来找菲律宾女孩做老婆的。另一个老头已经在这里结婚。他建议同伴不要找四十岁以下的女人:"那很费钱,很麻烦,而且她们还在喜欢疯玩的年龄。"

接着他开始抱怨养老金投资出了问题,必须赶回美国处理。

"我不打算带她回去,机票太贵了。"他说。

在吧台坐着的人,平均年龄大概超过了六十岁。头顶的电扇单调地转动着,丛林中的飞虫被灯光吸引,一次次地撞向灯泡,发出"噼噼啪啪"的声响。英国老头把最后一个球击落袋中,但是脸上毫无表情。

有那么一瞬间,我感到这情景似曾相识:热带丛林、大海、昏黄的酒吧、身处异乡的外国人、沉闷的日子——这是约瑟夫·康拉德的东南亚小说里经常出现的情景。与小说不同的是,现实更加苍白,更加缺乏浪漫,人物也失去了殖民时代的光环。

说到底,这个世界正在进行着的,不过是一种金钱与爱情的全球化交换。这群外国老人带着在本国已经卑微的养老金来到这里,寻找能够照顾他们下半生,但是并不爱他们的女人。

对于菲律宾女人来说,嫁给外国老头则是一种职业规划,一种现实出路,一种略有保障的人生。

游艇俱乐部的码头上响起了螃蟹船的马达声。两个穿着吊带、热裤的菲律宾女孩顺着小路走了上来。我一眼认出她们就是前一晚睡在我隔壁的女孩。她们化了浓妆,但掩饰不住刚刚睡醒的倦容。她们坐在吧台边,玩着苹果手机,等着什么人过来,为她们点一杯饮料。于是,我给她们要了两杯姜汁可乐,然后聊起来。

她们是两姐妹,一个 24 岁,一个 22 岁,相对漂亮的那个是姐姐。她们的家在民都洛岛的卡拉潘,下面还有一个 18 岁的弟弟。父亲欠下了赌债,所以她们需要钱。她们来到加莱拉港,希望找到合适的外国人结婚,只要那个人答应照顾她们的家庭。她们的陈述轻描淡写,嘴角甚至挂着一丝笑意。我没问她们是不是也做小姐——昨晚太黑了,她们没认出我。

我问两个人有没有男朋友。姐姐说她有,在卡拉潘,但她不想见他。

"为什么?"

"因为他很疯狂,"她指着自己的脑袋,"而且他也没钱。"

来酒吧的人渐渐增多。一个美国老头为她们买了饮料。我决定在摆渡船停运前返回酒店。夜晚的海面空无一人,天空是劈头盖脸的星星,只有码头上闪烁着灯火。

我突然很想知道这对姐妹十年后的生活会是怎样。她们会嫁给什么人,过上怎样的生活?我时常被好奇心俘虏,但我明白,那大概是不可能知道的。

——我很快就会离开加莱拉港,十年后与她们再次相遇的可能性几乎为零。

3. 迷幻海滩

在廉价航空迅猛发展的今天,飞机已经承担了大部分旅行的交通任务。尽量缩短路上的时间,降低旅途的辛苦程度,提高"出发"和"到达"的效率,是旅游业的基本之意。因此,除了喜欢自讨苦吃的旅行者,很少有人愿意换乘四五种交通工具,去一个像长滩岛这样国际化的地方。

这或许就解释了,为什么从加莱拉港到长滩岛的难度,远远超出我的预期。长滩岛虽然是菲律宾的第一大旅行目的地,但绝大部分游客都是坐飞机去的(合乎情理),像我这样"跳岛"前往的可谓凤毛麟角。

从加莱拉港到罗哈斯港的路上,我没看见一个外国游客。不光是外国游客,连穿着得体的菲律宾中产阶级都十分罕见。

那天一早,我被塞进一辆核定载客人数10人,但坐了19人的小面包,沿着民都洛岛的海岸公路,一路向南。宁静的大海和无人的沙滩不时从窗外闪过,山上是大片大片的椰林。

车上的人各式各样:有晒得很黑的渔民,有扛着大包的农夫,有门牙只剩一颗的老伯,也有用喊叫的方式打电话的大婶。这些人之中,穿着像样衣服的只有一个(不是我)。他挤在我和一位渔民中间,是出于某种理由,要去卡拉潘公干的银行职员。一车人里,只有他喷了淡淡的古龙水,其他人(包括我)都是一身汗臭或者鱼腥味。

那人穿着一件浆洗得簇新的制服衬衫,熨烫过的裤子,干净的黑皮鞋,戴着机械手表。他一边刷新Facebook

动态,一边和朋友在 WhatsApp 上聊天。一路上,他从没有抬过头,仿佛有一堵看不见的气墙,将他与众人隔开。那堵气墙上写着"我不属于这里"。

他在卡拉潘下了车,招手叫了一辆摩的,消失在熙熙攘攘的街头。只有通风不良的车厢里,依然残留着他的香水味。

中午之前,我就到了罗哈斯港。这是一个安静得近乎神奇的小镇。一条灰扑扑的柏油路通向码头,有些地方正在施工。路两侧有渡轮公司的办公室和没什么生意的餐厅。我的感觉有点不好。

我走到渡轮公司的办公室,两只流浪狗正趴在阴凉处午睡。售票窗口紧闭,上面挂着"已售完"的纸板。我的感觉更不好了。

不过,我发现屋里其实有人。空调扇叶上上下下地摆动,这个人就趴在办公桌上打盹。我敲了敲窗户,他睁开惺忪的睡眼,把窗玻璃拉开。我问有没有去长滩岛的船票。他一脸迷茫,好像还没从睡梦中缓过神。于是我又问有没有去卡蒂克兰①的船票。他告诉我,下午四点有一班,而且票没有售完。实际上,票一张都没卖出去,

---

① 卡蒂克兰:位于班乃岛最北端,与几公里外的长滩岛隔海相望。

因为整个航行取消了。

"船出故障了。"他有点兴奋地告诉我。

"下一班是几点?"

"晚上,十点,"他微笑着,"六点开售。"

这意味着我还要在这个无聊的小镇度过十个小时。到达卡蒂克兰的时间将是夜里两点。如果足够幸运,我还能找到深夜载客的螃蟹船,把我送到长滩岛的码头。如果没那么幸运,我就得在码头挨过一夜,等待天亮。

午后的小镇酷热难耐,一切仿佛都睡着了。除了几家餐厅,一个破败的台球房,也没什么可去的地方。乐观的一面是,这地方没人拉客,因为什么都没有。不幸滞留在此的都是等待渡轮的旅客,而这样的倒霉蛋那天不多。更确切地说,好像仅我一个。

当然,也有拉货的卡车司机,正等着把货车开上渡轮,运往别的岛屿。货车整齐地停在码头上,但是司机全都不见踪影,想必有他们自己找乐子的去处。

我找了一家餐厅坐下,吃了鱿鱼炒面,喝了生力啤酒,看到街对面的旅馆门口挂着"空调、热水、钟点房"的招牌。

老板是一个粗声粗气的中年妇女,喉结很大,骨骼清奇,五官带有明显的男性特征。我认为她应该是一个异装癖或者变性人——两者在菲律宾都很常见。不过房价公道。更主要的是，我也没有别的去处。

就这样等到太阳落山。再出来时，街上已经点起路灯。我发现，街上的人明显多了，还出现了几个外国背包客游魂般的身影。我这才注意到，离码头稍远的街边，有几家新建的酒店，看上去比较高档，明显是服务游客的。

但是，酒店再豪华，大概也很少有人愿意在此过夜。毕竟罗哈斯是个一无所有的地方，而长滩岛就在海峡对面。这些酒店存在的基础，就是海上阴晴难测的天气和时常故障晚点的渡轮。

但是这一次，晚上十点的渡轮如期而至了。巨大的钢铁家伙，几十辆大卡车装进去也不在话下。海上一片漆黑，一路上都能听到涡轮搅动海水的巨响。

四个小时后，我看到远方出现一条狭长的、五颜六色的光带——那是长滩岛西岸的灯火。已经将近夜里两点了，岛上还是一片繁华，国际化的夜生活才刚刚开始：海鲜烧烤的白烟冉冉升起，迪厅舞曲的节奏震颤着夜空，啤酒和鸡尾酒正被无数扭动腰肢的男女喝下，以便为之后的活动提供动能。

在经历了罗哈斯的萧条后，这一切多少显得有些不真实。长滩岛仅是一个七公里长，腹地只有一公里宽的小岛，可它却吸引了所有的资源。这里有全菲律宾最好的餐厅、最活色生香的夜店、最与国际接轨的酒吧。站在黑暗的大海上眺望长滩岛,我深切感受到了某种隐喻——整个菲律宾都沉睡在无边无际的"现实"黑暗中,唯独这座人工雕琢的热带乐园,好像海上的灯塔,永远不会熄灭。

我顺利抵达了海边度假村——长滩岛的螃蟹船和摩托车都是通宵营业。这是来到菲律宾后,我第一次体会到旅游城市的便捷。

不过长滩岛这样的地方,自有其运行的法则。这就是:只要你肯花钱,就会受到礼遇;你花多少钱,就得到多少服务。

长滩岛的一切明码标价,通过价格区分不同档次,提供大致符合该档次的服务。虽然这就是当今世界的运行逻辑,并不稀奇,但长滩岛是一个高度集中的袖珍小岛,这种逻辑就体现得格外露骨,不免让人瞠目结舌。

花几十块钱,你可以住在岛上不靠海的普通民房里。多花一百块钱,可以住进不靠海但是稍有设计感的度假屋。再加两百块,可以住到海边的小旅馆。但与小旅馆享有同样风景,仅几步之遥的中等规模的度假村则要再加两百块。中等规模的度假村旁边是一座大型度假村,有自己的餐厅和SPA,房间也更宽敞,价格至少需要再加一百元。如果把大型度假村的价格加倍,就可以拥有一片私人沙滩和面朝大海的小型别墅。终极梦幻是不仅拥有一片私人沙滩,还能独占一座山头,价格自然也相应翻倍。所谓成熟的旅行目的地,大抵就是这样。

此外,成熟的旅行目的地还有另外一大利器,那就是将几个原本没什么吸引力的项目打包出售。长滩岛的旅行社经营多种套餐(package tour),从潜水、卡丁车,到跳伞、风筝冲浪,但最流行的无疑是"浮潜+跳岛"套餐。

我参加了这样一个当日往返的"浮潜+跳岛"旅行团,同行的有六个韩国人、两个中国台湾人、两个澳大利亚人、两个俄罗斯人和一个巴西人。螃蟹船将我们载到长滩岛的近海,然后停在海面上,我们戴上潜水镜和呼吸管,"扑通扑通"跳进海里。

水下有大片珊瑚和在珊瑚间觅食的鱼群。鱼群五颜六色,游动的身姿如同舞者。不过相比斯里兰卡和泰国南部,这里珊瑚和鱼群的漂亮程度都不算太高。

半小时后,我们回到船上,去往下一个景点"水晶岛"。这是一座漂浮在水面上的小山,有一些人造景点,假如不是囊括进套餐里,很少有人愿意为它单独付款。

水晶岛看上去很像一个本想开发成度假村,但不幸失败后的转型之作。岛上很多修建完好但弃之不用的茅草屋,以及一间废弃的餐厅,似乎佐证了我的推测。

人造景点包括贝壳博物馆、照片展览和历史展览。

贝壳博物馆敷衍了事地陈列了一些贝壳和海螺壳,种类少得惊人。但更无聊的是照片展览。与其说是展览,不如说更像儿童益智乐园。

比如,其中一张画的下面写着这样的提示:"请在画中找出13张人脸"。我很快找到了10张,再找剩下的人脸时心想:有谁会无聊地跑到这里找人脸呢?

稍有趣味的是历史展览。除了介绍菲律宾国旗的含义(这个不太有趣),还讲述了一个班乃岛山地部落的传统。

长滩岛的最早定居者是低地土著"阿提人",与之相对的是住在山上的部落,称为"苏洛德人"。"苏洛德"的字面意思是"内陆"或"封闭之地"。

苏洛德部落有一个世代相传的女巫家族。家族中的某一位女孩,自降生之日起,就成为部落的公主。这位公主从小锦衣玉食,但是除了核心家庭成员和仆人外,一辈子都不能接触外人。长到18岁时,她会以竞价的方式,与部落中出价最高的男人结婚。婚礼仪式结束前,即便是这位竞价成功的丈夫,也无法看到公主的真容。

公主一生不用劳作,唯一的使命是掌握对部落来说至关重要的史诗——以舞蹈和歌唱的形式。史诗的表演长度在24到33小时之间。也就是说,在没有文字的时代,这位公主就是苏洛德部落活着的《圣经·创世纪》,

她的记忆就是部落赖以存在的证据。

但是,这一传统如今濒临灭绝。因为女巫家族的年青一代拒绝再过这样的生活。女权主义者认为,苏洛德部落的女性有权利选择自己的人生,而人类学家则担心古老的传统将因此丧失。

如何适应时代的发展,同时又保存固有文化,是一个世界性的难题。不过,对于长滩岛来说,更迫切的问题是,如何在发展旅游经济的同时,防止过度开发。

"普卡海滩还没怎么开发,不过讽刺的是,这才是这里看上去特别棒的原因。"菲律宾向导罗德里格对我说。

从水晶岛离开后,第三个景点就是位于长滩岛西北角的普卡海滩。和白沙滩一样,这里有细腻的沙子。不同的是,除了一些贩卖饮料的茅草屋,这里几乎没有太多旅游开发的痕迹。海滩后面是一座长满热带植物的小山,椰子树在海风中摆动。

罗德里格刚从马尼拉的一所大学毕业,在长滩岛的一家旅行社工作。他的担忧是,长滩岛的资源被越来越多地开发,最终导致这里丧失了吸引游客的最根本力量——自然之美。

"开发是不可逆的行为,"他说,"你开发了这片山坡,发现效果不好,可你没法说:'哦,那算了,我想再回到原来的状态。'那是不可能再回去的。"

罗德里格的担忧并非空穴来风。乘船离开普卡海滩的路上,我发现香格里拉酒店已经占据了昔日岛上相对遥远的西北角,而离香格里拉不远,那片原本未经开发的山林,如今也在修建一家大型度假村。

于是,我变得很难想象,仅仅三四十年前,长滩岛还没有电力供应。当时只有少量的阿提人定居在岛上,靠捕鱼、种植木薯和采摘椰子维生。

是德国背包客在 20 世纪 70 年代率先发现了这里。旅行作家詹斯·彼得(Jens Peter)出版了长滩岛的第一本旅行读物,称这里是"亚洲最美丽的岛屿"。他也将在长滩岛的照片印成了明信片,四处散发。到了 20 世纪 80 年代,长滩岛成了少数欧洲背包客的秘密天堂,其情景让人联想到莱昂纳多·迪卡普里奥的电影《迷幻海滩》。

旅游开发随之而来,旅馆、餐厅和酒吧纷纷建起,它们的老板就是当年第一批来到长滩岛的背包客。如今,已经中年发福的德国人、瑞士人、比利时人,依旧坐在自家旅馆的茅草屋檐下,不时和住在店里的客人感叹一番。

2000 年以后,随着大批亚洲游客的涌入,长滩岛终于不再是昔日小众群体中口耳相传的隐逸之地,而逐渐成为国际化的旅游目的地。不过,快速增长的声望也给长滩岛带来了负担。比如,排水系统跟不上发展速度,一部分污水只能排入附近海域,从而导致绿藻的过度繁殖。如今,白沙滩一侧依旧美丽,但只要走到长滩岛东岸的布拉博格海滩,你就能看到大片被海水冲刷着的绿藻。风筝冲浪者们只能在绿藻外围的海域乘风破浪。

在长滩岛的最后两天,我常在日落时分步行到布拉博格海滩的冲浪者酒吧。远处的海面上,皮肤黝黑的沙滩男孩"嗖嗖"地飞驰而过,突然身子侧倾,潇洒地掉转方向。穿着紧身泳装的姑娘,像站在半个贝壳上的维纳斯,追逐着落日余晖。还有尚在练习阶段的风筝冲浪者,经常把握不好风向,于是风筝就会像失事的战机轰然坠海,发出一声巨响。

酒吧里放着雷鬼音乐,老板自称是当年留下的背包客。他有些自嘲地说,如今只有这片不太容易吸引游客的海滩,还多少保留着一点当年的样子。

他指的是:没有灯红酒绿的喧嚣,只有自得其乐的背包客,幻想着自己找到了一片热带天堂。

4."海鲜之都"和"糖业重镇"

在长滩岛悠然休整一周后,我坐上螃蟹船,继续"跳岛"。这回只用了十五分钟就到了对面的班乃岛,很有些意犹未尽。

在码头买了大巴票,沿着海岸线南行,一路有山、有海,还有大片的稻田。农民牵着水牛,在田中耕作,椰林掩映着村庄,升起炊烟。三个小时后,大巴抵达一座海边小城。这是菲律宾前总统罗哈斯的故乡,也叫罗哈斯,自称菲律宾的"海鲜之都"。

相比民都洛岛上凄凉版的罗哈斯,这里的罗哈斯多少有趣一些。我到的那天下午,正好赶上一年一度的西纳迪亚狂欢节,大街上挂着横幅,庆祝圣母无沾成胎。市民广场上站满了准备游行的人群。广场一侧矗立着大教堂,旁边是罗哈斯市政厅。另一侧是西班牙人留下的石桥,横跨在保留着老房子的班乃河两岸。游行人群身着盛装,在鼓乐声中,边走边跳。罗哈斯总统的铜像微笑地注视着眼前的一切。

虽然空气又闷又热,聂帕棕榈树的叶子也纹丝不动,但人们不为所动。毕竟,这是当地最重要的节日,也是难得的放松。游行人群之外,还有无数贩卖零食、水果和饮料的小贩。提前放学的少男少女们,聚集在小贩四周,一边吮吸着五颜六色的冰棒,一边嬉笑打闹。我挤在围观群众中间,看着眼前的场景,听着人们呼喊口号。"Fiesta",在西班牙语里是"狂欢节"的意思,而这就是西班牙人的狂欢节在罗哈斯的样子。

游行临近尾声时,一场热带大雨不期而至。我以一种不可思议的心情见证了街景的迅速转换:前几秒还是淅淅沥沥的雨,瞬间就变成瓢泼之势,而人们像归巢的蝙蝠,灵巧地钻进一把把路边小摊张开的阳伞下。我也躲在伞下,旁边是吃着零食的女中学生,其中一个长着好看的眼睛。刚才还喧闹不堪的街头,一下子变得异常清静。人们都以一种入迷的目光,凝视着连绵的雨水,倾听着比锣鼓更响的雨声。

然而,雨突然停了。毫无征兆。干脆异常。前一秒还是暴雨如注,后一秒就像突然拧紧的水龙头,几乎没有拖泥带水的中间过程。雨刚停下,人们就钻出花朵一样的阳伞,像风中四散飘落的花瓣,街上顿时又变得熙熙攘攘。

当晚,我在拜拜海滩吃了惊人便宜的海鲜(老虎虾7块钱一只!生蚝7块钱一盆!),并且没有中毒。等我回到市区,狂欢仍在继续。市民广场已经变身为一座巨型烧烤场,烟熏火燎得几乎让人睁不开眼睛。乐队在现场演奏,而狂欢一直持续到深夜。

我本以为这样的热情第二天就会偃旗息鼓。但当我在清晨走出旅馆时,发现街上仍然到处是人,新一轮的鼓乐游行已经蓄势待发。

一个显然是通宵饮酒的女人,拿着一瓶朗姆酒,走到我跟前,要和我跳舞。

"不行,"我说,"我要坐大巴去伊洛伊洛(Iloilo)。"

"大巴,三个小时。"她悲伤地看着我,然后自顾自地跳起来。

伊洛伊洛没有喝醉酒的女人,也没有狂欢节,老城区多少显得有些萧条。很难想象这里曾经是富庶的糖业和纺织重镇,是马尼拉以外百万富翁最多的城市,是西班牙帝国在菲律宾的最后据点。

凭借着深水港的优势,当时的伊洛伊洛是菲律宾与欧洲经贸往来的中心。港口停泊着驶往全球各地的远洋邮轮。然而,百年之后,港口反而没那么繁忙了。

我站在伊洛伊洛市政厅的天台远眺,发现通向港口的伊洛河就像一条没了皮带扣的皮带。我后来又来到港口,打算继续"跳岛"。昔日繁忙的港口如今仅剩几家本地渡轮公司,经营前往临近岛屿的线路。

穿过福布斯桥,来到老城哈罗区,还有一些散落在凋零市井中的老房子,能够看到一丝当年的蛛丝马迹。有些老房子已经荒废,像大象的尸骨,瘫立在街边。但从它们留下的骨架,从那些新古典主义的断壁残垣中,能看出这里过去是一片富人区。哈罗大教堂就在不远处,富商的家眷们可以轻松走到,而不必车马劳顿。广场边缘耸立着孤单的钟楼,穹顶已经熏黑,石缝间长满杂草。

风光不再的马里基塔别墅依旧保存完好。它是菲律宾前副总统费尔南多·洛佩斯的私宅。别墅矗立在一条尘土飞扬的小巷里,后院已经被开摩的的车夫一家占据。院子里散养着鸡和土狗。我走进去时,一阵鸡飞狗跳。车夫闻声从私搭的棚屋里钻出来,说只要50比索,就能带我进去看。

50比索,还不到7块钱,我不由得感叹区区7块钱在这里的功效。我付了钱,车夫拿出钥匙,叫来他十岁的儿子,为我打开了通往过往的大门。

别墅是木质结构,有漆过的木质墙壁和木质地板。家具和陈设都维持原样,好像随时会有人回来居住。墙上挂着洛佩斯家族的照片,有费尔南多·洛佩斯和蒋介石的合影,还有他和独裁者马科斯的像章。一张桌子上摆着古老的电话、台灯和闹钟;另一张桌子上是国际象棋的棋盘,黑白两军已经列队完毕,仿佛只待指挥官入场。

别墅的采光不好,透过条状的窗棂,可以看到院子里被风吹动的棕榈树。每走进一个房间,男孩就为我打开屋顶的枝形吊灯。

"这是床,"他对我说,"马科斯睡过。"

我想起马科斯和他的妻子伊梅尔达。据说伊梅尔达拥有四千多双名牌鞋、两千多副手套、一千七百多个包包。我还想起毛泽东接见伊梅尔达的照片——照片中,风烛残年的老人穿着中山装,正亲吻伊梅尔达的右手。

马科斯曾经十分仰仗洛佩斯家族的势力。凭借着糖业贸易,洛佩斯家族逐渐成为控制了数个领域的名门望族。尽管费尔南多·洛佩斯两度作为马科斯的竞选搭档,但他们最终还是反目成仇。

1972年,马科斯宣布军事管制,掌控着媒体的洛佩斯家族成了封杀的对象。费尔南多被解除副总统职务,他的侄子被投进监狱,哥哥则在逃到旧金山后,含泪而终。

大概正是从那时候起,马里基塔别墅就无人居住了。它和伊洛伊洛一起,褪去了昔日的浮华。马科斯倒台后,洛佩斯家族东山再起。但是显然,家族的事业重心已经不在伊洛伊洛。如今他们经营着菲律宾最大的电视台,但是马里基塔别墅却像一块凝结了记忆的琥珀,继续着沉寂的命运。

在伊洛伊洛的码头,我坐上渡轮,横渡吉马拉斯海峡,前往两小时航程外的内格罗斯岛。和伊洛伊洛一样,内格罗斯岛上的小镇锡莱也曾经是糖业鼎盛时期的明珠。

19世纪50年代,法国人率先在这里种植甘蔗。随后的将近一百年里,这个寂寂无闻的小镇,一跃成为特权阶层的堡垒,修建起了众多宗祠和豪宅,聚集了一大批欧洲的音乐家和艺术家。

不过"二战"很快爆发。日本人占领了菲律宾,有钱人纷纷逃亡。更不幸的是,糖业贸易也随之衰落,并且再没有复兴。和伊洛伊洛一样,锡莱的辉煌不再,如今只是一个美丽而忧伤的小镇。

我坐着忧伤的吉普尼前往锡莱。这种双条车是菲律宾普通民众的日常通勤工具。直到内格罗斯岛,我才有勇气乘坐吉普尼。因为吉普尼和吉普没有任何关系。准确来说,它只是各种报废汽车零件的组合体。虽说个头比吉普车大不了多少,但马力惊人,超载七八个人不在话下,而且每个司机都会充分利用这一点。

吉普尼的车身通常涂得花花绿绿,我坐的这辆上面写着可能是《圣经》中的一句话:"我是上帝的仆人"。

路上,司机一边抽烟,一边扭头和乘客嬉笑打闹。不过上帝的确展现了他慈爱的一面——至少是在我坐的这次。因为我竟平安无事地抵达了。

锡莱镇不大,有一条老街,两侧都是旧房子。路边遍植着聂帕棕榈树和大榕树,很像法国在印度的殖民遗产——本地治理(Pondicherry)。很多老房子现在成了博物馆,可以随意进入。

我走进一家,发现是维克多·佳斯顿(Victor Gaston)家族的宅邸。典型的糖业大亨,父亲是法国人,母亲是菲律宾人。一个房间里摆着一张巨大的圆桌,桌布上印着家族的族谱。已经延续七代,像一张复杂的星图。维克多有几个儿女,每一支脉用不同的颜色表示。我注意到,不少后人已经移民欧美,三代以前就不再是菲律宾人。

在这里工作的何塞告诉我,佳斯顿家族每隔三年都要举行一次家族聚会。届时,散落世界各地的佳斯顿们都会回到锡莱祖宅。他们必须按照族谱上的颜色穿衣服,以此辨别彼此的亲疏关系。

何塞说,上一次聚会就在一个月前。锡莱镇一下子涌入了上百人。他们中有美国人、英国人、法国人、比利时人、瑞士人、西班牙人、巴西人、澳大利亚人……当然也有菲律宾人。

"这是一个非常国际化的家庭,"何塞深情地解释说,"但是他们的根在这里,在锡莱。"

我问何塞,锡莱现在的支柱产业是什么。他告诉我,附近仍然有一些甘蔗种植园,但是不足以改善生活。在很长一段时间里,当生活需要改善时,村民们就会举行集资,资助村里外语最好、最强悍的女性,去国外当菲佣——她们会把一部分收入寄回来,用以回报村庄。

原来锡莱早以另一种方式融入了全球贸易,只不过这一次不再是糖。我向何塞表示了感谢,然后走出佳斯顿大宅。

街边有一家咖啡馆,写着开业于1935年。那正是锡莱最辉煌的年代。这家咖啡馆就是为当年那些不下桌的赌徒提供点心的。我进去吃了三明治,喝了红茶,同时思考接下来干什么。

我决定去看鲸鲨。

5. 观鲸之旅

观鲸之旅让我从锡莱出发,斜穿过内格罗斯岛,到达西南角的大学城杜马盖地。这里本身没有鲸鲨,但却是离鲸鲨出没的奥斯洛布(Oslob)最近的城市。

杜马盖地是内格罗斯岛上外国人最多的地方,有一种慵懒而颓废的气质。黎刹海滨大道是市区唯一的景点。这条1916年修建的林荫大道,至今保留着当年的老式街灯。

大道一侧全是餐厅、酒吧和小旅馆,入夜后一片醉生梦死。当地的大学生整桶整桶地喝着廉价啤酒,菲律宾女人挎着外国丈夫的胳膊。在一家叫"卡萨布兰卡"的奥地利餐厅,一个奄奄一息的白人老头,正请两个微胖的菲律宾男孩吃维也纳炸肉排。空气中飘着德国小麦啤和失败情欲的味道。

在杜马盖地度过一夜后,我坐上螃蟹船,横穿海峡,来到十公里外的里洛安码头。这里的海水是蓝绿色的,清澈见底。走在岸上的石桥上,就能清楚看到趴在海底岩石上的红色海星。码头很小,很晒,没人愿意在此逗留。从这里往北二十多公里才是奥斯洛布,我可以随便搭一辆沿海岸线往北开的大巴。不过从码头到公路还有一公里左右的步行距离,这就成了当地人的致富之路。

在拒绝了几个摩的和面包车司机包车的邀请后,我被一对淡黄色头发的北欧情侣拦住了。两个人都是一副典型的背包客装扮——大背包,人字拖,一双脏兮兮的徒步鞋系在背包后面。两个人看上去都有点沮丧。

"你要去奥斯洛布吗?"留着维京海盗胡子的男人问我。

在得到肯定的答复后,他开门见山地说明了拦住我的缘由。原来他们打算包车,但价格太贵,因此想找人一起分担——共享经济的北欧背包客版。

"面包车司机告诉我,这里没有去奥斯洛布的大巴,我们只能包车。"他说。

我告诉他,最多再往前走五百米就是公路,随时都会有向北开往宿务的大巴,招手即停。

"你确定吗?"

"常识告诉我是这样。"

"司机说包车2000比索,如果你愿意,可以只出600比索。"

我在脑海中计算了一下——多走500米,然后坐大巴,最多只要60比索。不过我最终还是同意了共担车费——他们看起来都像是大学生,可能是第一次来东南亚。

面包车司机走了过来。我对他说,三个人1000比索。他做出一副思想在激烈斗争的神情,但我知道——20公里,140块钱——他已经挣得足够多了。果然,思想斗争的表情还未凝固成型,就瞬间转为了暗自窃喜的微笑:"上车吧!"

我们把行李放到车后,钻进面包车。一驶上公路就看到了开往宿务的大巴。我没说话,但听到北欧情侣操着斯堪的纳维亚方言,熟练地咒骂了一声。

奥斯洛布是一个海边小镇,只有几家旅馆。结果我和北欧情侣订的旅馆是同一家。他们是挪威人,来自卑尔根,那是小小的挪威第二大城市。总的来说,生活非常安静,或许还有点无聊。所以他们喜欢看犯罪小说,喜欢热带,对菲律宾的印象也很好:"够热、够乱、充满活力。"他们告诉我,两人曾去苏格兰的奥本出海看过鲸鱼,花了超过250欧元,而在奥斯洛布,观鲸的费用也就40欧元,合人民币不到300块钱。

"而且你还有机会和那大家伙一起游泳!"

我们在旅馆办了入住,老板是一个英语很好且说话干练的菲律宾女人。她告诉我们,渔民第二天有节日庆典,所以每天早上6点到12点的观鲸活动,要推迟到上午10点后开始。

她又对我说,10点时海上已经极度暴晒,"既然你订了两晚房,不如改到后天早上6点再去。"挪威情侣只住一晚,而且他们也喜欢晒太阳,所以依旧第二天10点去观鲸。

严格来说,奥斯洛布还没怎么开发。除了观鲸,很少有外国游客跑到这里。这里缺乏成熟的旅游项目和基础设施,因此反而有一种菲律宾小镇的真实之感。

海边有一座西班牙殖民时代的教堂,全部由白色大石头垒砌而成。教堂外面的马赛克玻璃下,立着一个圣母玛利亚的壁龛,摆着很多新摘的鲜花。玛利亚穿着淡蓝色披肩,戴着白色头巾,双手合十,一脸凝重——因为几个菲律宾女人正在壁龛下生火,白色壁龛的底部已经被火苗熏成了黑色。

不远处,有一座教堂的废墟,屋顶坍塌,只剩下白色石头的骨架。如果没猜错,这座教堂可能就是刚才那些菲律宾女人的祖母们生火时不慎烧毁的。黄昏中,我看到一个西班牙人的雕像,面对着大海。这位传教士手持十字架,留着大胡子。很多年前,正是此人把天主教带到了奥斯洛布,兴建了教堂,并且献出了生命。

暮色中的大海是青蓝色的,非常宁静。海风卷裹着浪花,舔舐着堤坝。几个五六岁的菲律宾小孩在水中嬉闹,风声中夹杂着笑声。

沙滩尽头有一座游乐场,但桌子上都盖着防雨塑料布。两只土狗在其间觅食游荡。除此之外,只有不知谁家养的斗鸡,单腿站在一根木桩上。我心想:一个还没怎么被旅游改造的菲律宾小镇,就是眼前这个样子。

走回镇中心,集市外已经摆起烧烤摊。我走了一圈,没发现一家像样的餐厅。或者说,那种也许干净但必定昂贵,以游客为主要客群的餐厅。倒是有一家比萨屋,不过关门大吉,使得烧烤摊成为唯一的可选项目。

两个挪威人也出来觅食了。他们一脸愁苦地逡巡着,似乎被烧烤摊的卫生状况和烟熏火燎吓住了。他们商量了几句,有点犹豫不决,最后还是拐进了集市,买了一把香蕉就走了。

我听天由命地坐下来,点了乌贼、大眼鲷和烤茄子沙拉,又去马路对面买了啤酒。我对正在奋力挥扇的烧烤摊主说:"要全熟的!"

——在菲律宾吃烧烤,这可能是最有效的消毒方式。

然而,烧烤出乎意料的好吃。鲷鱼和乌贼显然都是早上刚从海里打上来的,只要稍微撒点盐就非常美味。茄子烤过以后很糯软,配上洋葱和番茄碎,十分爽口。啤酒也很凉。我不由得为正在剥香蕉皮的挪威情侣感到了些许遗憾。

回到旅馆,我看到挪威情侣的房间亮着灯,而院子里还有两对新来的俄国中年夫妇。谢顶的丈夫穿着大裤衩,发福的妻子穿着吊带衫。不用说也能猜到,他们正在喝啤酒,而且已经喝了不少。小圆桌上摆了六七个空瓶。旅馆的酒吧是半自助式的,啤酒任君自取,退房时统一结算。这确保了俄国人可以喝到爽,也确保了账单会很好看。

俄国夫妇们一直喝到大半夜,可第二天早饭时间依然神奇地出现在了餐桌旁,不愧是"战斗的民族"。他们胃口很好,要了煎蛋和香肠,破例没有喝酒。健康的挪威情侣在一旁"嘎嘣嘎嘣"地嚼着全麦饼干。

九点半钟,他们坐上旅馆叫来的面包车,而我拿出笔记本电脑,看拉夫·迪亚兹(Lav Diaz)的电影《历史的终结》。

拉夫·迪亚兹获得了第66届柏林电影节金熊奖的

提名,是我唯一知道的菲律宾导演。他的所有电影都有一大特点:时长超过四个小时。这导致我根本没法在晚上看他的电影,因为注定会睡着。

在《历史的终结》里,一个热爱思考社会和历史问题的法律系大学生,充满了苦闷感。他像《罪与罚》中的大学生一样,怒杀了放高利贷的妇人,却导致一个借贷的贫民被无能的执法机关当作杀人犯缉捕、判刑。电影中有两条平行线索:一条是杀人后愈加苦闷的大学生;另一条是渴望救赎的贫民家庭。

我决定一鼓作气地将《历史的终结》终结在奥斯洛布。不过,还没看到一半,院子里传来一阵喧哗——俄国夫妇和挪威情侣回来了。

一进门,俄国夫妇就直奔啤酒,"咕嘟咕嘟"地喝起来。挪威情侣则照例是标准的北欧式沮丧。他们有点激动地告诉我:鲸鲨今天根本就没出现!他们被骗了!在无遮无挡的海上漂了一个小时!终于在小船快要到达燃点之前放弃了!

"怎么回事?"

挪威情侣解释说,由于渔民每天黎明时在海上投喂鲸鲨,鲸鲨已经形成了生物钟。它们在清晨时分到达固定海域,吃到临近中午离开。但是今天早上,渔民有庆典,没有按时出海投喂。挪威情侣估计,鲸鲨发现没人,盘桓了一阵子就游走了。等他们冒着大太阳来到海上，当然什么都看不到。

"鲸鲨的智商很高，当然不会永远在那里傻等。"挪威情侣说。

我表示赞同。

鲸鲨的爽约，极大伤害了游客们的心灵。据说，现场一度极为混乱。大家都认为自己被耍了。他们不远万里来到奥斯洛布，就是为了一睹鲸鲨芳容，结果白跑一趟。有几个美国游客甚至扬言将此事闹上Facebook，让所有喜欢鲸鲨的朋友一起抵制骗人的奥斯洛布渔民。

渔民们只好返还了观鲸费用，承诺第二天一定让大家看到鲸鲨。不幸的是，挪威情侣已经订好之后的行程，只能遗憾地和鲸鲨失之交臂。

第二天一早，天还没亮，我就坐车前往观鲸海滩。和我一起的是那两对俄国夫妇。他们都换上了泳衣，袒露着胸毛和雪白的臂膀，像四只大海豹。

观鲸海滩上已经来了十几个等待看鲸鲨的人。七八个渔民摇着单桨小船出海，在鲸鲨可能出没的海域投食。大海一片平静，微微泛着白光，看不出一丝有鲸鲨的迹象。我们付了钱，听一位女性工作人员提醒注意事项，包括不能触碰鲸鲨，在鲸鲨过来时为其让路，不能抹防晒油,以防鲸鲨误食等。

太阳完全跳出了地平线,海面和天空霎时变得明亮。我换上泳裤,拿上潜水镜,随渔民登上一只小船。我们一路摇到鲸鲨出没的海域,只见之前在这里投喂的渔民已经一字排开。一只鲸鲨从水里伸出布满斑点的背鳍,接着露出半个巨大而扁平的脑袋,吞食着渔民抛撒的鱼虾。这只鲸鲨足有8米长,布满斑点的黑色脊背,像一艘小型潜艇。但是渔民说,这只是一只幼年的鲸鲨。鲸鲨成年后可以长到20米,重达50吨。

和属于哺乳类动物的鲸鱼不同,鲸鲨和鲨鱼一样属于鱼类,用鳃呼吸。它们是世界上最大的鱼类,体型与鲸鱼接近,故名鲸鲨。

鲸鲨以浮游生物、藻类、磷虾和小型自游动物为食。它们没有鲨鱼那样锋利可怕的牙齿,而是通过吸水的方式,将食物和水一起吸进来。就在嘴巴关闭与鳃盖打开之间的短暂瞬间,浮游生物被鳃与咽喉之间的过滤器官阻住,水则排出。这种独特的构造,使得鲸鲨无法对人类造成致命的伤害。渔民后来告诉我,确实有游客被鲸鲨吞进嘴里,但被阻挡在过滤器官后,又被鲸鲨喷射了出来。

在这片小小的海域,聚集了大约十来只大大小小的鲸鲨。当我潜入水中,不时就会看到一只鲸鲨从身边游过。它们的身体几乎不用动,就能产生一股向前的动能。身体两侧还跟着"搭顺风车"的银色鱼群,就像威风凛凛的帝王身边,总要有侍从似的。

鲸鲨的眼睛很小,有点邪恶,嘴又扁又长。肚子是白色的,身上的斑点闪着奇特的光。它们游过来时没有一点声音,嘴一张一合,对周围的人也毫不在意。

一只鲸鲨擦着我的身子游了过去。我只要一伸手,就能摸到它的皮肤。还有一次,我在做深潜时,踩到了一个软乎乎的东西。低头一看,发现是一只足有15米长的鲸鲨,正从我身下抄底游过。我一脚踩到的正是它的脊背。

它游了过去,没有理会,没有害怕,没有扇动一下巨大的尾鳍,把我打飞出去,而我虽然知道鲸鲨并不危险,却仍不免心有余悸,逃命似的浮上了水面。

在网上搜索奥斯洛布,会看到一些水下照相机拍摄的游客与鲸鲨的合影。人们与鲸鲨亲密接触,有的甚至骑到鲸鲨背上。这也就是为什么奥斯洛布的观鲸活动备受争议的原因。

在动物保护主义者看来,这些海里的大家伙实际上已经沦为了人类豢养的玩偶。它们满足于不劳而获的生活,不再惧怕人类,甚至在迁徙的季节,也情愿留在这里。

渔民则告诉我,鲸鲨带来的旅游收入改变了他们的生活。他们有钱修缮房屋,添置家具,供养孩子。

旅游业或许不能解决这里的一切问题,但的确有好的一面:他们以前捕猎鲸鲨,现在则保护鲸鲨——至少不再动刀子。

我一次次潜入水下,着迷地看着这些庞然大物,完全忘记了时间的流逝。等我被渔民叫上船,发现阳光已经相当猛烈,海上一片粼粼波光。

回到旅馆,俄国夫妇们一换下衣服就继续喝酒。旅馆老板告诉我,他们不仅订了四晚房,而且每天都要去观鲸。

喝酒,观鲸,喝酒,观鲸,喝酒,观鲸……直到假期结束,直到飞回俄国妈妈的怀抱。

6. 河谷深处

"奥斯洛布的观鲸项目是韩国人发明的,你知道吗?"在去阿尔高的大巴上,坐在我旁边的首尔人说。他单眼皮,戴着棒球帽,一副罩耳式耳机挂在脖子上。他去宿务,而我在中途的阿尔高下车。

"真的吗?"我问道。可心里却一清二楚:当然是韩国人发明的,所有东西都是韩国人发明的,包括汉字。

首尔人告诉我,是一个常年在奥斯洛布潜水的韩国人,有一天随渔民出海时发现了鲸鲨。他喂了它一些鱼虾,却发现那只鲸鲨第二天再次出现。他又喂了它一些鱼虾,此后连续几天都来喂。鲸鲨渐渐在附近聚集,于是韩国人告诉渔民,可以组织游客观鲸,这是个一本万利的生意。奥斯洛布的观鲸活动就这样开始了。

"了不起。"我说。虽然发自内心,但可能听上去没那么热情。首尔人戴上耳机,沉浸在自己的世界里——也许此前他也一直沉浸在自己的世界里。

我在阿尔高北边的港口下车,与首尔人挥手告别。在这个荒凉的港口,我要搭乘正午时分开往薄荷岛的渡轮。

2013年,薄荷岛发生7.2级地震,引发了海啸,导致卢恩码头彻底被毁。阿尔高至卢恩的渡轮线路,被迫改为阿尔高至塔比拉兰。不过对我来说,这倒更方便。塔比拉兰是薄荷岛的首府,从那里坐上吉普尼,一个小时就能到我打算去的洛博克。

渡轮上大都是普通的菲律宾人。除我之外,旅行者只有一对印裔伦敦情侣。船上很热,没有空调。座椅照旧硬邦邦,其设计理念就是让人坐着不舒服。作为补偿,我看到了成群的海豚跃出水面,就像马赛马拉大草原上跳动的瞪羚。

薄荷岛近些年声名鹊起,直追长滩岛。这主要得益于附近的海洋生物正在慢慢恢复。这里不仅能看到海豚和大海龟,还有著名的巴里卡萨大断层。在大断层,珊瑚礁原本像大陆架一样向海中延伸,却突然消失不见,形成了深达一公里的海底断崖,成为各种热带鱼类的栖息之地。

不过,在旅游业主导薄荷岛之前,这里也是非法捕鱼的屠宰场。除了装满炸药的渔船,为了满足某些亚洲国家吃活鱼的癖好,渔民还得在珊瑚礁上播撒氰化物。鱼群中毒后会漂浮到水面上,渔民再将这些麻醉的鱼捕捞起来。

然而,氰化物也会渗入并杀死珊瑚礁,导致鱼群赖以生存的环境遭到破坏。一旦珊瑚礁没了,鱼就没了,这是显而易见的道理。不过让渔民放弃诱惑、扔掉毒药和炸药包,还是游客开始光顾薄荷岛后才开始的。从这个角度讲,是那些背着大氧气瓶、一掷千金的潜水爱好者们拯救了薄荷岛。

"阿洛纳海滩?去阿洛纳海滩吗?"

一下渡轮,摩的司机的吆喝声就从四面八方涌来。到处是潜水俱乐部的阿洛纳海滩,正是鱼类爱好者们的乐园,而我要去的是离海很远的洛博克。

快要散架的吉普尼,在散架前把我扔在了洛博克镇中心。要问洛博克有什么,答案是几乎什么都没有。这里只有一个小小的广场,几家卖杂货的小铺,还有一个几年前在地震中倒塌、至今仍在重建的西班牙教堂。

除此之外,洛博克还有一条河。从薄荷岛内陆高山上流下来的泉水,和雨水汇集到一起,冲出了一个亚马逊丛林感的河谷。我订了位于河谷深处的一家旅馆,打算与世隔绝地住上几天。

从镇上走到河谷并不容易。我走进一家杂货铺,买了一瓶矿泉水,顺便问老板到河谷最近的路怎么走。老板是一个精瘦的中年人,留着两撇胡髭,正坐在一堆落着尘土的杂货中间发呆。听了我的问题,他饶有兴致地看了看我,然后问我是不是中国人,好像只有中国人才会跑进一家杂货铺问路。我只好告诉他,我是。他摸了摸胡髭,露出微笑。

"我父亲也是。"他说。

如果在相声里,这可能会是一个包袱,但我当时没什么开玩笑的心情。老板告诉我,他的父亲是福建移民,姓汪,叫什么已经忘记了。他从裤兜里掏出一个皱巴巴的本子,翻到最后一页,用圆珠笔写下了自己的姓。我这才搞明白,他其实姓黄。

"你会说中文吗?"我试着问他。

"我会说福建话。"

仿佛为了证明给我看,他开始掰着手指,用磕磕绊绊的福建话数数,从1数到10,用了三分多钟。我一边焦急地等他数完,一边暗自怪自己为什么跑这里来问路。

"那么,很高兴认识你。"等他数完了,我决定赶快告辞,不再问路。

可他没接话,好像还在回味福建话美妙的韵律。过了一会儿,他才终于回过神来,问我:"你想不想看公鸡打架?"

"行啊。"我随口说,知道他指的是斗鸡。

"每个周日下午都有,我们可以一起去。"

"怎么去?"

"周日下午一点,来这里找我。"

我没再问路,决定靠直觉走到河谷。实际上,只要沿公路走上两公里,就出现了旅馆的指示牌。按照指示牌的说法,从一条岔路下去,走五百米就是河谷。

路是完全没修过的破石头路,到处是烂泥,如果没有行李箱,倒是颇有野趣。等我总算走到尽头,发现是一座悬崖。俯身望去,浩荡的河水就在悬崖下面奔涌。我又发现一个指示牌,顺着箭头指引的方向,看到一段坡度几乎有45度的台阶。那台阶弯弯曲曲,一直延伸到河谷最深处。

早知道是这样,我可能不会来这里,但当时已经别无选择。等我汗流浃背地下到旅馆前台,我突然明白为什么这家旅馆在喜欢隐居的小圈子里颇有名望了:你必须有足够的勇气才能进来,但你绝对需要更大的勇气才能出去。

我拿到钥匙,找到属于自己的那栋吊脚小木屋。木屋就在河边,掩映在一片椰林中。河的对面是一座山峰,好像一堵拔地而起的山墙,覆盖着茂密的热带植物。木屋里只有一张床、一个蚊帐、一盏台灯。没有电视,没有网络,甚至收不到手机信号。我要在这里度过两周,唯一能打发时间的只有伊恩·弗莱明(Ian Fleming)的那本《惊异之城》(Thrilling Cities)。

住在河谷地带的一大好处是可以划皮划艇。每天清晨,我换上泳裤,走到河边,把旅馆的皮划艇推到河中。清晨的河谷弥漫着淡淡的薄雾,两岸的丛林里传来各种各样的鸟鸣。微风拂过下垂的椰树叶,好像一只看不见的手,弹奏琴键。

我偶尔会看到划船上学的菲律宾孩子。姐妹俩,姐姐十来岁,妹妹七八岁,都背着色彩鲜艳的小书包。我和她们打了声招呼,姐姐就放下桨,和妹妹一起向我招手。直到湍流把小船的方向冲弯,她才赶忙拿起桨,重新调整船头。

河水是墨绿色的,漂浮着细小的枯枝,但仍能清楚地反射出周围没有名字的山峰。中午之前,河上几乎没有风。我在平滑如镜的河面上划桨,看到蓝色尾翎的翠鸟鸣叫着飞过。往上游划不到一公里,有一座小小的瀑布。水流变得迅猛,因此我就在这里掉转船头。整个下午,我都待在小木屋外的露台上看书。偶尔抬头看一下露台外的波罗蜜树,盘算着美味的果实,何时才能坠落。

每天午后,河上会有水上餐船经过。餐船是从洛博克镇开过来的,供应自助餐,有乐队演出。那是一天中唯一能听到的"噪音"。乐队唱的大都是披头士、理查德·马克思这样的英文老歌。只有一次,我听到传来的歌声是《甜蜜蜜》。

在河谷隐居的第二周,大雨开始光顾。雨像透明的珍珠从天而降,将整个河谷和山峰都封锁在一片白茫茫的雨幕中。大雨过后,河水不再平静。湍急的流水席卷着泥沙和树枝,一起冲向下游的入海口。大雨时下时停,除了待在木屋里,没有别的事可做。不过下雨的好处是,燠热的空气终于凉爽下来,而且还吹落了一只椰子,滚到我的门前。我费尽九牛二虎之力,享用了一顿椰肉。

第二周的一天,我才终于鼓足勇气,爬出了河谷。我租了一辆摩托车,去看薄荷岛的名胜——巧克力山。在电影《哈利·波特与火焰杯》中,哈利·波特骑在扫把上飞行，其中一段镜头就是飞过巧克力山。

巧克力山由1268个圆锥形小山丘组成。每到旱季（2月—5月），山上的植物干枯转为褐色，如同一排排巧克力。我去的时候不是旱季，山上依旧葱绿。站在观景台上，震撼之处在于遍眼望去都是繁茂的植物，充满了原始的生命力。我几乎没看到什么人类留下的痕迹，仿佛自地球出现之日起，巧克力山就是现在的样子。

一百多年前，菲律宾的森林覆盖率高达90%，而如今这个数字只有不到25%。站在巧克力山上，我可以想象菲律宾一百年前的样子。那时，从吕宋岛到棉兰老岛，从巴拉望岛到莱特岛，整个菲律宾群岛大概都是眼前这样的景象。

大片的积雨云正朝我的头顶方向移动。雨燕在耳畔盘旋追逐，发出大雨将至的警报。远处的小山包已经在白色的水汽中消失，只留下淡淡的墨色轮廓。我没穿雨衣，急忙骑上摩托车往回赶，但还是被大雨阻在半路，上下淋个湿透，像只落败的公鸡。既已淋透，也懒得再找避雨的地方。

离开薄荷岛前，我去看了场"公鸡打架"。这才明白，落败公鸡的命运远比我凄惨——它们要付出的代价，是自己的命。

在菲律宾,斗鸡是一项国民运动,兼具娱乐和赌博的功能。几乎每个地方都有自己的斗鸡场(cockpit),洛博克也不例外。我打了辆摩的前往,为了耳根清净,没去找黄姓店主。

斗鸡场在附近的村子里,门口站着几个吞云吐雾的小哥。还没进去就能听到里面传来公鸡此起彼伏的啼叫。

斗鸡场的格局有点像乡土版的罗马斗兽场:一块围着护栏、铺着沙土的斗鸡台,四周环绕着一层高过一层的木质看台。看台上有卖啤酒和饮料的小贩,她们是这里为数不多的女性。

斗鸡台后面是候场区。斗鸡的主人捧着自家的斗鸡坐在那里,用抹了橄榄油的手为其梳理羽毛。斗鸡主人们的神情严肃,有着大战将至的紧绷感。他们手中的斗鸡看上去威武凶悍,缩着爪子,愤怒地左顾右盼,不时向对手鸣叫示威。这时,主人就会用力抚摸羽毛,让它们镇静下来——因为过早的亢奋只会损伤元气,真正的血战还在后面。

候场区也有木栏围着。很多观众倚在栏外,凝神观察每只斗鸡的成色,好决定之后怎么下注。我发现黄姓店主也在其中。他正拿着本子,小心记录着什么。那本子就是他在杂货铺里翻到最后一页,写上自己姓的本子。

他一抬头看见了我,面露吃惊之色。

"你怎么没来店里找我?"他问。

"我知道你肯定在这里。"我撒了个谎。

他看上去很满意,拉着我往看台走,说离比赛开始还有半小时。我要请他喝啤酒,但他拒绝了,表示"下注前要保持清醒"。于是我们坐在那儿,看着工作人员在黑板上写下每场比赛的对阵——32只斗鸡,16场比赛。

大概是为了填补半小时的空白,黄姓店主打算跟我聊聊中国——他记忆中的中国,在另一个时间维度上运行的中国——因为每个问题听上去都不明觉厉,颇有一番深意。

"毛泽东还好吗?"他问我。

我发现他很认真,不是在开玩笑。

"去世了。"

他看上去有点意外,但还能扛得住,"周恩来呢?"

"他也去世了。"

意外演变成了迷茫,就像在大雾里开车,突然迷失了方向。

"那蒋介石还好吗?"

我直视着他的眼睛:"死了。你说的这些人,全都死了四十年了。"

……

听了我的话,黄姓店主很久没有开口,仿佛与故国所剩不多的精神联系——除了他死去的、已经忘了叫什么名字的父亲——就这么瞬间崩塌了。我甚至能看到他内心的大石块,像被地震撼动的洛博克教堂一样,纷纷坠落。

好在第一场比赛就要开始了,两位斗鸡主人已经捧着各自的斗鸡上场。在裁判的监督下,他们先让两只斗鸡互相啄几下对方,以此挑起彼此之间的敌意。与此同时,埋伏在看台各个角落的工作人员开始挥舞手臂,扯开嗓门大喊:"下注!下注!下注!"

这时,你要做的就是向离你最近的工作人员喊出你的下注——押哪只鸡获胜,押多少钱。

因为这一切只能在短短的半分钟内完成,周围瞬间就像炸了锅一样。人们紧盯着两只斗鸡,做出最后的选择,然后喊出自己的投注,仿佛这里不是斗鸡场,而是大萧条之前的纽约证券交易所。

"你不下注吗?"我问黄姓店主。

他摇摇头,说自己现在的状态不好,但表示可以帮我下注。

"押左边的斗鸡,赌100赢70;押右边的斗鸡,赌100赢100。"

我掏出100比索,押在了右边那只叫阿莫斯的斗鸡身上。

比赛开始了。只听裁判一声令下,两只斗鸡被主人放在了沙地上。刚才还沸腾的斗鸡场,顿时变得鸦雀无声。所有人的目光都集中在左边的佩德罗和右边的阿莫斯身上。

佩德罗啄着地上的沙粒,假装不看对手。阿莫斯也缓缓踱步,等待时机。说时迟,那时快,两只斗鸡突然支开羽毛,扑打翅膀,迎空撞向对方,同时一阵狠命锛啄。

这是一场血战到底的生死较量。每被啄一下,就相当于拳击场上被对方的重拳击中。一时间,场内鸡毛乱飞,伴随着一片扑腾声、咯咯声以及受伤后的哀嚎声。

第一回合过后,两只斗鸡看上去势均力敌,但阿莫斯的体力似乎已经有些不支。它尖利的爪子不再能牢牢抓住地面,身体看上去也有些左右摇晃。佩德罗的目光中燃烧着怒火,脖子上的羽毛完全爆炸开来。它紧盯着下盘不稳的阿莫斯,突然扑了上去,两只斗鸡再次缠斗在一起。

突然,观众发出一声惊呼。原来阿莫斯的鸡冠被啄掉了一块,鲜血直流。局势瞬间就向佩德罗倾倒了,尽管它右翅膀的羽毛被撕去了一大片,像是一只破掉的风筝。

受伤的阿莫斯已经精疲力尽,它选择了逃亡。这是它最后一点力气,也是一切动物濒死前的求生本能。佩德罗追了上去,双方爆发了最后一番疾风骤雨般的互啄。我看到阿莫斯的鲜血洒在沙土上,像一只泄气的皮球,瘫倒不起。佩德罗也身受重伤,力气耗尽。它倒在地上,勉强支撑的脑袋,犹在打太空拳似的一下一下地啄着地面。

裁判走过来,同时拎起佩德罗和阿莫斯,然后松手,看它们还能否站立。它们都已经无法站立。与刚上场时相比,它们现在就像两摊没用的烂棉花。

最终,佩德罗获得了胜利,但已奄奄一息。阿莫斯的脑袋长长地耷拉下来,已经死了。它们的主人走上来,捧着各自的斗鸡离开。

我问黄姓店主,死了的斗鸡怎么处理。他说,有的人埋掉,有的人吃了。不过吃的人越来越少,因为斗鸡全都打过激素,吃多了会得癌症。

"赢了的呢?"

"养三个月伤,然后再来比赛。"

一时间,我不禁为斗鸡的命运感到悲伤:一生出来就打激素,每隔三个月就要进行一场血腥的较量。不幸的直接死在场上,侥幸活下来的不过是再活三个月,然后面对下一次决斗,下一次死亡。

场内又响起了新一轮的下注声,但我没再投注。看了三四场后,我对黄姓店主说我准备走了。他点点头。

我刚起身,他却叫住我,好像突然想起了什么。他掏出记录斗鸡的本子,翻到最后一页。

"我想起我爸爸的名字了。"他对我说。

然后拿起圆珠笔,把名字一笔一画地写在了"黄"字后面,再用福建话念道:"黄喜发。"

曼谷下大城

1

无须扬帆,亦无号角,"安纳塔拉之歌"号从曼谷的码头启航了。

这是雨季来临之前的曼谷,湄南河的水位还不高,却依然浩荡。浪花拍打着柚木船舷,像摇晃一件精致的玩具。我看到加拿大夫妇握住对方的手,脸在风中漾满笑容——那是船刚启动时,风与浪、动与静、引擎的震颤、河水的气息,共同营造的喜悦之情。

启航是具有仪式性的一刻。在这艘由百年历史的运米船改装的游轮上,侍者一边欢迎我们登船,一边献上冰镇草本饮料。他们穿着淡黄色的制服,有泰国男人特有的温柔神态。与之相得益彰的是船外的风景:湄南河畔集中了曼谷大部分的高楼大厦、豪华公寓和涉外酒店。晃眼望去,这座21世纪的东方城邦,给人以一种简朴版的曼哈顿之感。某种程度上，泰国的全部实质——它的历史、性格、态度也都体现在这条大河上。正是在这条河身上，泰国发现了自身的典型形象。

我在风中喝着饮料，看着半岛酒店和对岸的香格里拉酒店，旁边是低调的文华东方酒店。约瑟夫·康拉德、毛姆、约翰·勒卡雷、格雷厄姆·格林都曾在这家东方酒店里，一边眺望河上的风景，一边啜饮苦金酒，消磨着亚热带漫长的夏日。

那是19世纪末。东亚公司的创始人汉斯·安德森雇用了一位意大利设计师，将这个海员避难所改建成了酒店。当年的曼谷一定不可避免地散发着旧日气息。到处是中国人，密集的交通，永无休止的喧嚣，而作家们相信只要再待久一点，这座城市终究会交出自己的秘密，"终究会给你些能吸收的东西"（毛姆语）。他们来此寻找东方魅惑，却不知暹罗的统治者正致力于将这里变成一座完全西化的都市。两股潜流激荡了一百年，而这几乎构成了泰国的近代历史。还有什么比在湄南河上航行，更能体验这种时光穿梭呢？

2

我们抵达黎明寺，又称"郑王庙"。它是曼谷最著名的寺庙之一，可追溯到大城帝国时期。我们将在这里稍作停留，在向导的陪同下进行游览。

黎明寺之所以声名远播，是因为一座高82米的高棉风格的佛塔。它静静地矗立在湄南河畔，表明吴哥美学曾经多么深刻地影响过东南亚。但是对于泰国来说，更为彻底的影响始终来自缅甸和中国。

1767年4月7日，缅甸军队攻破暹罗古老的首都大城，摧毁了整座城市，只留下一堆瓦砾。暹罗国王也在逃亡途中饿死。一个叫达信（Taksin）的年轻将军，成了暹罗抵抗运动的领袖。他是一个华人父亲和暹罗母亲的儿子，卓越的领导才能、勇气和视野使他脱颖而出。他率军向东南进发，赶走了缅甸军队。在之后的三年里，几乎恢复了大城王朝之前的全部疆域。但是他没有选择返回大城，而是在今天的曼谷营建新的首都。黎明寺就是在那时被定为圣殿，并建起一座皇家宫殿和一座寺庙用于安放玉佛。

达信的血统，让他赢得了华人的支持，也极大促进了暹罗同中国的贸易。我登上佛塔，看到那些花卉图案的马赛克，它们使用的是各种各样的中国碎瓷片。越过围栏，可以看到笼罩在薄雾中的曼谷。因为站在高处，喧嚣和人群都被隔得很远，好像肉身飘离了躯壳。想到战争竟然只是两百多年前的事情，着实令人一阵恍惚。

达信将军因其才华和功勋，受到泰国人的敬仰。他是现代泰国的缔造者。在他统治的15年里，暹罗重新凝聚了统一的力量，也逐渐开始形成"暹罗人"的民族意识。黎明寺里供奉着达信的雕像，我忽然发现他的名字与泰国前总理他信的名字是相同的，于是我把这个发现告诉了向导。

"他信曾经欺骗民众，说他就是达信的转世，其实完全是胡扯。"华人女向导一脸不屑地说。

我差点忘了，曼谷可是他信反对派的大本营。正是这些反对者，使得他信不得不流亡海外，也让他的妹妹——美丽的前总理英拉一筹莫展。

离开黎明寺，我们乘游轮来到相距不远的皇家游艇国家博物馆。这里堪称曼谷最迷人的地方之一。博物馆藏有许多装饰华丽的镀金船只，船头雕刻精美，体现出精湛的手工艺。我看到那艘国王私人御用的平底船，建于1911年，以神话中的天鹅为原型，以一棵完整的大树为船体。国王拉玛九世在世时，每年都会带着皇室成员，乘坐这艘游艇巡游湄南河，接受两岸人民的瞻仰和欢呼。

在泰国民众心中，皇室是无比神圣的。和达信一样，泰国皇室也拥有中国血统。在达信统治的最后时日，他几乎把自己所有的时间都花费在祈祷、禁食和冥想上，希望通过这些方式达到在空中飞翔的目的。他让僧侣承认他是神,拒绝服从者会被鞭打或发配做苦力。最终,一场政变结束了达信的疯狂。达信的将领昭披耶·却克里接受了皇位,而达信被捆绑在天鹅绒袋中,以檀香木击颈的方式处死。却克里成为拉玛一世,开启了一个崭新的暹罗。

3

回到船上,侍者早已准备好姜汁毛巾和冰水。"安纳塔拉之歌"号也渐渐驶离曼谷,溯流向大城而去。

船速始终保持在 10 公里/时,不疾不徐。经过一座水上集市时,我发现晨时繁忙的景象已经不再,但可以看到建在水上、有着红瓦屋顶的房子,其间夹杂着生锈的铁皮小屋。河的两岸是烟树田地,经过某个村子时,村中佛寺的尖顶在阳光下闪闪发光。

我在甲板上休息,等待着船上的第一顿午饭。与我同船的除了那对加拿大夫妇,还有一个英国大厨和她的马来西亚籍妻子,一个单身妈妈带着刚会走路的孩子。加拿大男人独自坐在船头,神情不无忧郁。他的妻子坐在甲板后部,托腮望着河水。游轮大概更适合恋爱中的人们,而不是老夫老妻,所以看到独自旅行的我,加拿大男人产生了一种惺惺相惜的错觉。他主动告诉我,他是为了庆祝结婚纪念日来泰国旅行的。孩子们已经长大成人，生活因此有了更多的余裕。他算是典型的加拿大中产阶级，做投资生意，喜欢钓鱼、打高尔夫，身材壮硕，肤色晒得很健康。他曾和生意伙伴来过北京，与一家锡矿公司商谈。生意没能谈成，只记得每晚被对方宴请，喝酒，然后人事不省地回到酒店。

"有意思的经历。"他在多年后总结，时间的河流显然已把那些不愉快的沙砾沉淀。他继而感叹加拿大华人的富裕。他住在温哥华，邻居有很多是近些年从中国来的移民。

"以前总觉得美国人有钱，现在看我那些中国邻居花钱……"他搜寻着词语，"真像粪土一样。"

刚说到"粪土"，侍者已将餐具摆在桌子上。大家相继就座，喝起冰镇的 Pierre 巴黎水。侍者端上鲜虾春卷、黄咖喱羊肉和汁烧虎头虾，搭配双色米饭和甜品。我们在河风的吹拂下享用午餐。

此时，"安纳塔拉之歌"正经过暖武里省的陶瓷岛。这里居住着泰国的少数民族之一孟族。他们擅长用河里细腻的黏土制作陶罐。午饭过后，加拿大夫妇和英国厨师回船舱睡觉。英国单身妈妈也回房了，因为孩子把她弄得精疲力竭。她离开时，加拿大夫妇的目光中充满怜悯。甲板终于安静下来，只剩下我和马来西亚太太。在这样的一艘船上,一旦与同船乘客相识,很难不发生交谈。这正是游轮的特别之处,人们总是带着一点社交性去的。不像在飞机上,即便你与陌生人毗邻而坐,也难得说上一句话。

马来西亚太太已随夫姓,改称"布朗太太"。她在曼谷的一家酒店集团工作,拥有马来西亚和澳大利亚两国护照。布朗先生虽生长在暗黑料理国度,却主攻法国菜和意大利菜。他有一个大肚腩,因为笃信"瘦厨子无法取信于人——尤其是英国的"。他们在澳大利亚工作时相识,布朗先生是厨师长,而布朗太太是酒店公关。这对跨国组合在澳大利亚的猎人谷购买了房产,准备退休后回去养老。

"我受不了英国的天气。"布朗太太直言不讳。

"据说天气不好是英国当年海外殖民的主要动力。"我说。

离开澳大利亚后,布朗夫妇先后去了毛里求斯、马尔代夫和泰国的芭提雅工作。她显然对跳槽颇有心得,对如何在工作中使自己的利益最大化,同样充满亚洲女性的智慧。如今,她在曼谷拥有非常好的薪水和待遇,这一切都是她精研合同条款,同酒店逐一讨价还价的结果。在曼谷的公关界,她已经是赫赫有名的人物,甚至有学校专门邀请她去讲座,为那些初出茅庐的学生指点迷津。

"学法律的知道自己将来会做律师,学金融的知道自己将来会进银行,但学公关的都很迷茫,他们更需要得到人生和职业上的指导。"布朗太太说。听上去似乎言之有理。

英式下午茶后,我们在巴吞孔嘉寺停留,给河中的鲤鱼喂食。行程备忘录上写道:"于简单的善事中修福积德。鱼儿得到喂食,进而孕育生命,暗合佛教生命轮回之道。"于是人们慷慨地把大块面包扔下去,引起鲤鱼间的混战,整片水域顿时像开锅一样。

日落时分,我们到达萨马基亚兰寺(Samakkiyaram),将在此停泊过夜。夕阳下,古寺充满沧桑之感。庭院里挂着僧人的袈裟,在风中翩翩起舞。浑圆的落日沉入地平线之下,而大河渐渐被夜色笼罩。船上没有电视,没有网络。晚餐之后,我们坐到甲板上,喝着鸡尾酒,望着久违的星空。最后,人们相继回舱休息,甲板上只剩下我和孤独的侍者。当然,还有头顶的一轮弯月,两岸的星星灯火。暮色中的河水如绸缎一般,微风轻柔地拂过岸边的水草。

晚上,我睡在船舱舒适的大床上。河风透过百叶窗吹进来,让人心旷神怡。船身不时轻轻晃动,可以听到河水潺潺的声音,以及从远方隐隐传来的汽船马达声。

这是湄南河的夜晚。

4

清晨早起,与寺中的僧侣一起祈福修德。泰国的佛教信徒相信,通过祈福修德,能够获取快乐、和平与轮回转世的机会,为万物带来和谐的一天。对西方人来说,这是与东方神秘相遇的一刻,我则没那么好奇。相比之下,我更喜欢斜倚在甲板的躺椅上,徐徐穿过泰国的乡村,看着河上的生活场景缓缓漂过。

一顿地中海风味午餐后,我们终于抵达大城。1350年至1767年,大城作为暹罗王国的都城长达417年之久。向导对我说,在泰国人心目中,大城王朝的地位就如同唐朝在中国人心目中的地位。

很多人称这里为"大城",但我始终觉得"阿瑜陀耶"这个名字更适合。"阿瑜陀耶"是梵语,意为"不可战胜的城市"。在鼎盛时期,大城吞并了素可泰王国,控制了以清迈为首都的兰纳王国,连曾经不可一世的吴哥王朝也对它奈何不得。大城向中国皇帝献贡(沉香、象牙和犀角),中国则回报以丝绸、瓷器和丰厚的商业利益。郑和的舰队两次经过这里,当地人为此修建了一座19米高的坐佛,供奉在三宝宫寺里。

来三宝宫寺朝圣的主要是泰国华人。他们的祖辈大多来自广东和云南。我的向导祖籍潮州,能讲一口标准潮普。尽管是二代移民,却还保留着中国人的思维方式。比如进来后,她坚持让我拜一拜,因为这里"非常灵验"。

"哪方面灵验?"我问。

"你先拜,一会儿告诉你。"她神秘地一笑。

等从大殿出来,我才发现门外就是一个卖彩票的摊位。很多人拜完出来,都会买张彩票再走。

"非常灵验。"向导说。

我买了一张,夹在书里。因为不懂泰语,一直没有查阅结果。

从三宝宫寺出来,午后的阳光十分毒辣。我们乘车从一个遗址到另一个遗址,游览了善佩寺、玛哈泰寺、拉布拉纳寺,而这只是大城原有的400座寺庙中极少的一部分。

漫步在大城的遗址,到处是无头的佛像和断壁残垣。我试图在脑海中勾勒这座城市昔日的繁华,但我知道那一定超出我的想象。向导告诉我,当时很多佛像的身体里都藏着金叶或镶着金箔,而这为大城埋下了祸根。为了得到这些金子,笃信佛教的缅甸军队在破城后,不惜将佛像斩首、将金箔熔化后带走。

缅甸与暹罗的角力绵延数个世纪。早在1569年,大城就被缅甸军队攻克过一次。但在纳瑞宣国王的领导下,又再次中兴。那时也正是东南亚的"商业时代"。依靠海上贸易起家的大城,成为整个东南亚的经济中心。大城周围残存着日本、荷兰和法国人的居住区。在众多游记中,大城被描绘为一座世界性的都市。18世纪80年代,大城的纳莱国王和波斯、法国、葡萄牙、梵蒂冈的统治者互派大使。他热衷于消费舶来品,从法国订购了小望远镜、奶酪、葡萄酒和大理石喷泉。路易十四送给他一个地球仪作为礼物。纳莱国王最有权势的部长是一个希腊人。这位名叫康斯坦丁·华尔康的冒险家,在国王死后参与了宫廷政变,最终成为政治的牺牲品。

我们来到邦芭茵夏宫,在这里重新登上"安纳塔拉之歌"。在大城漫步了一下午,再次回到船上,令人感到惬意。我坐在甲板上,等待黄昏来临。加拿大男人独自坐在暴晒的遮阳棚外,仿佛只有那里绝对安全,不受侵扰。

"你干吗不坐进来?"他太太问。

"我想晒日光浴。"加拿大男人说。他戴着遮阳帽、墨镜,还用冰毛巾敷着脖子。

"你会得皮肤癌的。"

"不会,亲爱的。"

双方陷入长久的沉默,而我想起菲利普·罗斯小说中的一段话:

"他们结婚34年,最大的成就便是学会了互相容忍。他和妻子有一句格言:你可以通过舌头上牙印多少来判断婚姻的健康状况。"

5

在邦芭茵夏宫的后花园,有一座纪念拉玛五世皇后的大理石塔。1880年,皇后在旅行归来的途中溺水。侍卫们看着皇后徒劳地在水中挣扎而死。当时的暹罗法律禁止朝臣接近皇后,所以没人敢去救她。

溺水事件之后,拉玛五世国王开始了改革。他或许意识到了一个古代帝国向现代转变的过程中要付出多少代价——皇后的溺水而亡,正是这个痛苦过程的隐喻。

除了废除上述荒谬的法律,拉玛五世国王还废除了奴隶和徭役制度,建立起薪水制的官僚体系和警察队伍。他开始向西方学习现代化,并亲自访问欧洲。在欧洲旅行期间,他写信给女儿。信件汇编成一本《远离家门》,里面有不少对国家发展的洞见。曾几何时,暹罗的精英们敬仰中国,但这种吸引力最终慢慢消失了。我发现,这种价值观上的转向同样体现在邦芭茵夏宫的美学风格上。从欧洲归来后,拉玛五世重建了大城帝国时代留下的宫殿。如今,除了一座中式风格的宫殿外,这里还有罗马台伯河的复制品,维多利亚风格的建筑,甚至哥特教堂风格的佛寺——从外形看,这座佛寺完全是一座英国乡间教堂的模样,拥有彩色玻璃和甲胄骑士,可当我走进去,却发现里面供奉的是佛陀!还有一个老和尚在打坐……

对于泰国人来说,这种混搭之风是打动人心的。我看到不止三对新人在拍摄婚纱。白色的裙子,美丽的笑容,一阵照相机的咔嚓声。在泰国,还有什么地方比这里,更能拍出身在欧洲的效果?或许,这也是拉玛五世国王的梦想吧。

向导告诉我,拉玛五世登基时,泰国的国土面积是现在的两倍。在他执政的42年里,被迫放弃了45.6万平方公里的土地,包括将如今的老挝和柬埔寨西部的马德望、暹粒割让给法国,把马来半岛的部分省份割让给英国。

"但不管怎么说,他成功地维护了泰国的独立。在整个东南亚,只有泰国没有成为任何国家的殖民地。"

我们乘着"安纳塔拉之歌"驶回曼谷。我坐在甲板上,望着两岸的风景,望着大城慢慢远去。在这里,湄南河还是半透明的藏青色,就像那个曾经的帝国,简单而纯净。但我已经知道它的命运。河水将一路流向曼谷,流向21世纪的城邦——任何缅怀都改变不了。

抵挡印度洋的堤坝

1. 孟买的清晨

孟买的清晨,我被一万只乌鸦的叫声吵醒。它们像夜晚的碎片,纷纷扬扬地飞向城市的垃圾场。街上还是灰蒙蒙的,早起的女人穿着鲜艳的纱丽,从我的窗前走过。透过大榕树的枝叶,可以看到人行道上均匀地覆盖着白色的鸟粪,因此不可避免地会沾染纱丽的下摆。想到这一点,我多少有些焦虑。这充分说明,我刚到印度不久,还没有放下平时习以为常的观念。来印度旅行,你必须学会超越干净和脏的观念。

实际上,你必须超越任何观念。

上一回,我在印度待了四十多天。我至今记得自己心理上的变化:最初的极度震惊,之后变成愤怒,最后对一切都麻木了……

我后来突然明白,来印度旅行就像是证道:一步一步破除观念,放下自我,最后成为智者、圣人、罗汉。我穿着十多天没洗的印度长袍回到北京,根本不在意周围人的目光。我打了一辆出租车。司机透过镜子端详我,可我依然心如止水。然而,因为习惯了印度脏兮兮的"大使"出租车,我有生以来第一次发现北京出租车的座套是如此洁白,路上的车辆是那样守规矩,空气是那么清新。原本无法忍受的日子,在一趟印度之行后,变成了天堂。我知道,本质上我和那些赖在印度不走的嬉皮士是一样的。

印度就像大麻,适量吸食有助于克服对现实的沮丧,但或多或少也会令人上瘾。我还要回到印度,回到湿婆的国度,对此我心知肚明。

这一次,我打算先从孟买飞到德干高原的海德拉巴(Hyderabad),然后一路乘火车前往亨比(Hampi)、班加罗尔、迈索尔(Mysore)、马杜赖(Madurai)和金奈(Chennai)。

从订下计划到买好机票,前后只花了不到十分钟。正像一句印度谚语说的:"有时,湿婆的风暴不就是这样吗?在十分钟内把一个人的庄稼全部摧毁。"

在孟买的班德拉(Bandra)区,我租了一间房,离海不远。

曾几何时,班德拉是一片渔村,遍布着菠菜田和椰子树。大部分人口信奉罗马天主教。16世纪时曾是葡萄牙的殖民地。如今,从班德拉的部分街道名中,仍然可以看到一点当年的蛛丝马迹:保罗街、西里尔街、亚历克西斯街——在这些街道两侧,还保留着一些殖民时代的别墅。高高的拱形窗子,迎着从阿拉伯海上飘来的咸湿的海风。

班德拉是孟买的前世——一个渔村的雏形,也是孟买的今生。因为面朝大海,又靠近宝莱坞,很多明星居住在此。这里是孟买的富人区,遍布昂贵的公寓楼,但不知为什么,到处仍有一种废墟感。这种废墟感与罗马的断壁残垣不同。班德拉的一切都是完整的,很多房子都是新建的,可是建成后不久,它们就成了废墟。

我试图思考孟买为何会给我一种废墟感——它并不是多么古老的城市。最后,我得出结论:孟买的光线中含有一种特殊物质。它既让一切急速发展(booming),又让一切急速腐烂(decaying)。

米提河大概最能代表这座城市的发展与腐烂。为了兑换卢比,我来到了米提河左岸。这里是孟买的金融中心,同样属于骄傲的班德拉。金融中心的中心是一座巨型的后现代玻璃建筑,其旨趣上让人联想到北京的"大裤衩"。周围分布着银行、领事馆、汽车4S店、高级餐厅和咖啡馆。

我走进一家咖啡馆,享用了一杯加冰的美式咖啡,意识到身边可能是整座城市穿着最干净的一群人:衬衫、西裤、皮鞋、精心修剪过的发型、淡淡的古龙水。所有人都在讲英语,谈论着伟大的梦想。哪怕其中任何一小部分得以实现,都足以改变这个荒唐的世界。

我一边喝着咖啡,一边捕捉到如下词汇:亿、亿万富翁、商业模式、硅谷、移动互联、IPO……这些词语飘浮在空中,却并不令我感到陌生,因为它们同样在北京、上海、深圳的CBD咖啡馆里飘浮着。

这是全球化时代的一大症候:文化背景截然不同的族群,可以无缝地共享同一个话题。套用托尔斯泰的名言:"CBD咖啡馆里的话题家家相似"。

在吃了一顿颇为昂贵的果阿菜后,我跨过米提河,去往仅仅一河之隔的右岸,这里有世界上最大的贫民窟达拉维。米提河污染严重,却分隔了两个截然不同的世界,两种互不相交的人生。

和上次来相比,达拉维看不出任何变化:栉比鳞次的铁皮屋、到处散落的垃圾、满街乱跑的小孩。街上拥挤、繁忙、布满灰尘。每辆车都在按喇叭,以致让按喇叭这个动作也显得有些多余。

达拉维是自成一统的经济体,它的主要燃料就是废品和垃圾。凭借废品和垃圾的回收、处理,被河岸另一边的世界所抛弃的人们,得以在这里建立起自己的人生。

关于达拉维,我看到过两种截然不同的观点。一种观点认为,达拉维是"印度奇迹"的耻辱;另一种观点认为,达拉维恰恰是"印度奇迹"本身。

这要看你站在什么角度来思考达拉维存在的事实:如果着眼于生存环境,达拉维无疑是耻辱;但是在这样耻辱的环境下,几十万人能够坚忍地生存下来,繁衍生息,甚至为"印度奇迹"增砖添瓦,这不是奇迹又是什么?

我走过一座破烂的石桥,从洞穴一样的窗口,伸出一根根晾衣竿,上面挂着花花绿绿的衣服,好像废品联合国的旗帜。炙热的阳光使空气发生波浪式的晃动,一团团蚊子在热空气中起舞。桥下是堆积成山的报废零件。每当有车经过,这座十年前就该认定为危桥的建筑,就会像得了热病一样抖动。我想象着桥瞬间坍塌,而我无助地坠落,落到桥下那堆废品里。

达拉维人依然充满热情。他们就像城市的鬣狗、不死的热带植物。路边的奶茶店坐满了茶客,甜品小贩站在垃圾堆旁叫卖。我经过一座印度教神庙,门口摆满了破鞋,人们仍在向一切"有可能显灵"的神明祈祷。

经常有人过来和我打招呼,同我握手,问我从哪里来,提出要带我"逛逛"。所有人都在心平气和地生活,没有人愤怒,没有人一把火把这里烧了。

从这个意义上讲,达拉维无疑是一曲人类生命力的赞歌。

从这里,我开始了南印之旅。

2. 海德拉巴往事

第一站,是德干高原上的城市——海德拉巴。

海德拉巴是尼查姆王朝的旧都,特伦甘纳邦的首府,印度的第六大城市,约有40%的人口信仰伊斯兰教。在这里,鲜艳的纱丽让位于黑色长袍。大部分女人都像沙特女人一样裹着头巾,只露出一双眼睛。

我打摩的前往查尔米纳拱门。烈日下,拱门就像人潮中的一座海市蜃楼。海德拉巴的统治者为自己建造了无数富丽堂皇的建筑,查尔米纳拱门无疑是其中最为恢宏的。它由四方形的花岗岩为材料,四座高大的拱门支撑着两层楼和相互连接的拱廊。每座拱门上方都有高耸的宣礼塔。以拱门为中心,巴扎向四面八方扩展。

这里是穆斯林的聚居区,蓝色的小巷纵横交错。到处是年深日久的店铺,年深日久的人们。仿佛多少年来,一切都没有发生改变。

我爬上拱门,巴扎的喧嚣声变得缥缈了一些。这里凉风习习,很多印度人带着咖喱,一边吹风,一边观看风景:一个戴着小帽的老人朝麦加方向跪拜,并且念念有词;三个小男孩抱着《古兰经》,刚从读经学校下课;几只鸽子从拱门里扑棱着飞出去。宣礼塔顶上,一轮新月正在闪闪发光。

海德拉巴真正繁荣起来,是在尼查姆王朝治下。他们来自信奉伊斯兰教的撒马尔罕,后来迁至印度。得益于与英国人的密切关系,尼查姆家族的统治绵延了七世。在英国人的帮助下,海德拉巴于1724年宣布独立。作为回报,英国人得到了觊觎已久的黄金开采权。

如今,海德拉巴的金饰店依然随处可见。数量保守估计也有上万家,而且每家都挤满了人。据统计,把印度主妇的金饰加在一起,占世界黄金储备的11%,比美国、德国、瑞士、德国和国际货币基金组织的加起来还多。

人们对黄金的痴迷,同样令我痴迷。因为这是一种典型的中世纪情绪,只有在中世纪,黄金才是财富的唯一象征。而海德拉巴老城的一切似乎都在表明,中世纪仍在延续,并且可能永远延续下去。

离开查尔米纳拱门,我穿过人群,前往乔玛哈拉宫——尼查姆君王的府邸。这座融合了波斯、印度和欧洲风格的宫殿仍然是私产,但对外开放。

庭园里,一对站在古董劳斯莱斯车前的印度情侣让我给他们拍照。他们可能不知道,这些老爷车当年都是当垃圾车使用的。暴殄天物的原因很简单：尼查姆的末代君王米尔·奥斯曼·阿里汗实在太过富有——光他用作镇纸的钻石就有185克拉，比英王王冠上的那颗还重。1947年，印度独立时，阿里汗的资产高达20亿美元，是当时印度年收入的两倍。

阿里汗的性欲极强，不仅拥有世界上最大的色情品收藏，还在客房里安装摄像头，用来观看客人的"现场直播"。1967年去世时，他留下了34名子嗣（他们又生了104名孙辈），这还不包括那些自称有"龙脉"的人。因此不难想象，阿里汗死后，遗产争夺战会是多么激烈。

截至20世纪90年代，宣称自己有继承资格的人就有400多人，其中包括王子穆卡拉姆·贾——他是阿里汗的孙子，也是爷爷钦定的尼查姆继承人。

出身高贵的穆卡拉姆·贾，原本注定了锦衣玉食的生活，但因为不断支付高额的遗产诉讼费和离婚赡养费而今不如昔，甚至负担不起律师费。

穆卡拉姆·贾结了五次婚，其中的两位是奥斯曼帝国的末代公主。20世纪80年代，他移居澳大利亚的珀斯养羊，娶了一位后来死于艾滋病的BBC记者。那时他还相当有钱，于是让仆人带上10万英镑，为他去伊斯坦布尔再觅新欢。一位前土耳其小姐成了穆卡拉姆·贾"命中注定的人"。不过随后他又再次"命中注定"地支付了一笔巨额分手费,从此穷困潦倒。

在乔玛哈拉宫的一个房间里,我看到了数量庞大的照片和纪念物。一个中年印度女人正对着它们沉思。

照片中,有穆卡拉姆·贾和第一任太太埃兹拉的合影:穆卡拉姆·贾身穿双排扣西装,打着领带,上衣口袋里露出一角方巾;埃兹拉穿着高跟鞋和Dior的黑色连衣裙;他们的儿子长着一张"国际脸",丝毫看不出和印度人有什么关系。

照片和纪念物的说明非常详尽,但有意无意地回避了这样一个事实:乔玛哈拉宫早就作为离婚赡养费抵给了埃兹拉,而穆卡拉姆·贾如今住在伊斯坦布尔一栋寒酸的公寓里。

在海德拉巴的街道上,小贩叫卖着熟透的石榴,棕榈树摇曳着热带空气。雨季到来前的穆西河几近干涸,河岸上长满茂密的藤蔓。从这里往西,穿过朱比利山豪华的别墅区,我来到了今天海德拉巴引以为傲的IT中心。

20世纪90年代中期,一个名叫钱德拉巴布·奈杜的年轻人在竞选中获胜。他在施政纲领中向选民承诺,要通过发展信息技术,将海德拉巴打造成全印度最现代化的都市。于是,这片曾经遍布砾石的荒漠地带上,出现了一座被称为"网络拉巴"的新城。

这里的马路十分宽敞,路边不时出现欧洲建筑师设计的大楼。只是完全看不出与老城乱糟糟的市景有什么关联,仿佛是从中世纪到后现代的直接飞跃。或许正是因为这种分裂感,奈杜在执政 10 年后惨遭败选。据说《印度教徒报》上的一幅漫画道出了问题的症结:一个骨瘦如柴的农民坐在破败不堪的茅草屋前,正在按下电脑键盘上的删除键。

时隔 10 年后,奈杜东山再起,再次当选——他是现任印度总理莫迪的盟友。此后,谷歌、苹果等科技公司纷纷将研发中心设立在网络拉巴,虎视眈眈地将印度视为唯一剩下的大型市场。

苹果 CEO 库克在新闻发布会上说:"印度是一个充满机遇的地方,在这里我看到了七八年前的中国。"

和七八年前中国的很多新城一样,网络拉巴没什么景点,但是有很多培训学校。从招牌上看,都是与软件、外语和职场礼仪相关的培训。

一家外语培训学校的广告上写着:"你想学纯正美式英语吗?还是纯正英式英语?"看上去像是一道复杂的人生选择题,但其职业指向其实相当明显——那就是进入外包呼叫中心。

呼叫中心遍布印度的 IT 城市。比如,当西弗吉尼亚州的一位家庭主妇拨打扫地机器人的服务热线时,电话实际上就转接到了网络拉巴。一位自称霍利,操着美式英语的女孩,会在电话中为这位家庭主妇解决各类有关问题。当牛津郡的一位老太太打电话咨询瓦尔格林公司生产的维生素片的用量时,一个口音听上去像是来自伦敦东部郊区,实际上也在网络拉巴的男孩,就会为牛津老太太竭诚服务。

对于印度的年轻人来说,呼叫中心是一份收入不错的体面工作。唯一的问题是,虽然生活在印度,但必须按照英美时间作息。这或许就是为什么附近几家餐馆都是24小时营业的原因。

我走进一家炸鸡店,发现所有员工都是聋哑人。我买了一份炸鸡,坐在窗边。阳光依然毒辣,沾满灰尘的行道树垂头丧气。一家酒铺刚刚开门,透过窗户的铁栅栏,一群印度人正争先恐后地把攥着卢比的手伸进去。

坐在我斜对面的是一个衣冠楚楚的印度男人。在印度,所谓"衣冠楚楚"是指穿了一件干净的衬衫。聊起来后,他自称是一家职场礼仪公司的老师,主要传授面试技巧。他的额头正中有一颗红色的吉祥痣,可能是起床后才点上去的。

"在海德拉巴,你必须时刻充满自信,"他说,"如果你有足够的自信,你就没问题。"

所以,他要求所有来上课的年轻人(大部分来自农村)必须买上一件好衬衫,因为"好衬衫让人自信"。他还建议学生打领带,因为"领带让人的头正"。

他说,经过他的培训,很多学生得到了 IT 公司的工作。尽管我暗自觉得,他的吉祥痣似乎和 IT 公司有点不搭。

我当然没这么说。一时间,这家连服务员都是哑巴的餐厅变得过分安静,好像德干高原上的一座孤岛。

3. 小村亨比

从海德拉巴出发,坐了一夜火车,进入卡纳塔克邦。我的目的地是一个小村子——亨比。

在亨比村外,两个摩的司机险些为我大打出手。当时我正走出布满牛粪的村口,准备去维塔拉神庙。两个司机同时抓住了我的左右胳膊。

出于宗教原因,整个亨比都是素食主义,但在村口拉活的司机显然基因突变。两个人操着卡纳塔克方言互不相让,我只好抱着同情弱者的心态,挑了其中较瘦的那位。

"我叫克利须那,先生。"他高兴地告诉我,带着被选中的惊喜。

"与神同名①?"我问,"叫这个没问题吧?"

"No problem,没问题,"他自豪地说,"我妈妈叫恒河呢!"

就这样,我坐着这位"恒河之子"的摩的,来到维塔拉神庙。这是亨比最负盛名的景点。和印度很多最负盛名的景点一样,也是一座古代废墟,但却不可思议得比很多当代建筑更像样。

克利须那把车停在废墟外面,说会在这里等我。我告诉他不必如此,因为我很可能会看很长时间。

"没问题。"他再次微笑,对一上午挣到10块钱已然心满意足。

雕刻精美的石制战车是维塔拉神庙的象征。战车的神龛里供奉着毗湿奴的坐骑迦楼罗。这是一种半人半鹰的动物,忠心耿耿又凶猛异常,但显然还不足以保佑维塔拉神庙安然无恙。

神庙建于15世纪,是定都亨比的毗奢耶那伽罗帝国最繁盛的时期。当时,这里的人口数量超过50万,是整个南印最大的印度教帝国。

数代君王曾为维塔拉神庙增砖添瓦,但神庙始终未

---

① 在印度教里,克利须那是毗湿奴的化身,又称"黑天"。

能完工。16世纪中业,德干高原上强大的穆斯林军队挥师南下,攻陷了亨比。10万印度教徒惨遭屠戮,毗奢耶那伽罗帝国也随之衰落。

奇怪的是,虽然摧毁了亨比,穆斯林的苏丹似乎并不想占领这里。残存的帝国遗老们也没有选择在这里重建家园。亨比,连同它的神庙,就这样被彻底抛弃了。直至今日,它都只是个一蹶不振的小村庄,靠着昔日帝国的废墟,吸引为数不多的游客。

我走近战车观察,发现它并非像很多指南上写的是一整块花岗岩。实际上,战车由很多块石头组成,只是接缝巧妙地藏在了雕刻中。

看起来,战车只是普通石头的颜色,但从车轮下部,还能看到些许染色的痕迹。经过数百年的风吹日晒,神庙上的色彩如今差不多完全褪去了。战车前面有两头拉车的大象,身后却藏着残存的马尾巴和马腿。我估计,大象也许是后来才放到这里的,最初的雕刻可能是两匹战马。

走在维塔拉神庙里,你依然能够想象当年的景象,不时感叹印度教僧侣们匪夷所思的想法。比如,这里有狮子和象搏斗的雕刻。狮子出奇之大,而象几乎是侏儒。

战车对面的大厅里,有一排"音乐石柱"。一经敲打,石柱就能发出81种乐器的声音。你能想象穿着白衣的婆罗门,赤脚走在大厅里,用木槌敲击石柱,演奏出歌颂毗湿奴的"交响乐"。

如今,部分石柱已经坍塌,并且被护栏封锁,没法再去敲动。这无疑更强化了维塔拉神庙作为废墟的事实。也让我感到,在印度旅行就是从一座废墟到另一座废墟。

我走了几圈,发现这里美丽而萧条。唯一称得上乐趣的是有很多只正在求偶的绿毛鹦鹉。它们在废墟和枯树间追逐嬉戏,不时挤出一坨鸟粪,落在毗湿奴的身上。

从维塔拉神庙出来,克利须那建议我去看看敬献给湿婆的毗楼拔叉神庙——不是废墟,还在使用。门票2卢比,但拍照要再付50卢比。

"但我不打算拍照。"我对站在门口,身着便装的工作人员说。

他看了看我,耸了耸肩,没有理由不放我进去。我欣赏了一圈儿神庙的雕刻和神龛,呼吸着无所不在的印度檀香,总感觉有点不对劲。

我很快明白过来了——那个穿着便装的工作人员,始终在若即若离地跟着我。我瞟了一眼,发现他看似望向别处,余光却一直在我这里逡巡。他在监视我有没有拍照。只要我胆敢按一下该死的快门,他就会立刻出现在我面前,责令我缴纳高额罚款。

神庙里正在举行一场婚礼。一对穿着传统服饰的新人头戴花环,在家属的簇拥下,缓缓走出来。新郎和新娘都低着头,绷着脸,显得极为羞涩。几个穿着纱丽的年老妇人,把新鲜花瓣一路撒在新人身上。

路人自动分列两旁,腾出一条空路。但无论是谁,都没有露出一丝喜悦的神情。仿佛这不是婚礼,而是一场受难仪式。记忆中,北印度的婚礼要欢快、热闹得多。人们又唱又跳,大分贝的音响让树上的麻雀纷纷坠落。不知为何,亨比的婚礼笼罩在一种近乎悲伤的气氛中。

婚礼队伍的出现,让穿便装的工作人员更有了盯紧我的必要。因为紧张,他的眼神已经毫不掩饰,脸上带着孩子打赌时的劲头。

我慢步走出毗楼拔叉神庙。经过他身边时,他假装望向别处。

我一边忍着笑意一边想:如果相机还有电,我倒是很想为你拍上一张。

在亨比村,最令我惊奇的还是嬉皮士的数量之多。

嬉皮士几乎都是外国人,尽管来自五湖四海,但有着相似的装扮。他们有的剃了光头,有的留着脏辫,穿着皱巴巴的粗麻衣服,打着耳洞或鼻钉,很瘦,眼神直勾勾,表情中带着人畜无害的平静,又似乎暗藏激流。

走进任何一家有屋顶露台的餐厅,你都能看见嬉皮士慵懒地靠在坐垫上,喝着蔬果奶昔,读着瑜伽上师的传记。寒暄几句后,他们会告诉你自己过着有机生活——已经很多年了。每天清晨冥想,坚持写日记。加了Facebook好友,你会发现他们原来经常更新状态——灵修的体会、生活的点滴——每次都有很多人点赞。

没人说得清嬉皮士是怎么看中亨比的。或许因为这里只有素食,没酒精,远离任何一座大城市。自打成为废墟,就有了一种与世无争的气氛。加上物价便宜,几乎不费力气就可以一直生活下去。

在亨比村闲逛时,我总是碰到一个开民宿的日本女人。小小的个子,蓬松的短发,脸上已经晒成棕色。听人说,她七年前来亨比旅行,认识了村里的一个印度男人。如今,她已经是两个混血小孩的母亲。

一天早上,我看到她送两个孩子上学。村里的印度主妇和她打着招呼,而男人们的目光似乎总会在她身上停留得更久。

她开的民宿我也去看了。只有4个房间(其中一个她自己住),全是四人床位,一晚只要200卢比,不到人民币20块钱。如果住在屋顶,自己搭帐篷,就只要100卢比。厕所和浴室都是露天的。不大的院子里,放着塑料椅和书架,上面插着一些日文书籍。

住在这家旅馆的大都是日本嬉皮士。看打扮绝不寒酸,大概只是纯粹享受这样的生活而已。我与其中一位姑娘吃了一顿晚餐。她在东京是西式糕点师,来亨比已经三个月了,还没有回去的打算。当我问她为什么喜欢亨比时,她反问:"你不觉得亨比很美好吗?"

"比日本美好?"

"当然!"她一副"这还用说"的表情。

去猴神哈奴曼神庙的路上,我骑着租来的摩托车,经过一个偏僻的村庄。问路时,遇到一个皮肤黝黑、身材消瘦的比利时女人。

比利时女人告诉我,她在这里已经生活了三十年。她看上去六十多岁,花白长发依然梳成马尾辫。和印度女人一样,她穿着纱丽,戴着各种各样的饰品。她在比利时是室内设计师,来亨比之前离了婚——上辈子的事了。

我问她以什么为生。她说在这里几乎用不到什么钱。在决定搬到亨比后,她就带上了在比利时的所有积蓄,在这里买了地,盖了房。

"我吃素,这里的蔬菜很便宜。有时我也给亨比的餐厅做做室内设计。如果生活在比利时,钱或许是很重要的东西。但在这里,钱对我来说只是数字。生活中有很多比数字更有意思的事情,不是吗?"

我问她是不是开了民宿,她笑着说没有。闲暇时,她喜欢自己做珠子和首饰。她抬起胳膊,给我看戴在上面的饰品。

"都是我自己做的。"她说,眸子闪着光。

骑出村子,公路两侧是大片的稻田,零星的椰子树摇曳其间。稻田的尽头仿佛一条边界。从那里开始,亨比特有的黄褐色石块就一直铺展向远方,给人一种亘古未变之感。

在印度旅行时,我目睹了很多丑陋的现代化。和在中国一样,势不可当。可是,唯独在亨比,我仍能感觉到某种根深蒂固的东西存在:每天清晨,家家户户在门前画上莲花,去河边浣衣,去庙里祭拜,去田里劳作,傍晚洒扫庭除。那种根深蒂固的东西,正是农业时代最后的尊严感。尊严感当然需要一点点金钱维持,但那不是最重要的。最重要的是明白自己想要什么,并且执着地坚持下去。

我想,这或许就是,嬉皮士也好,我也好,久久不愿离开亨比的原因。

4. 迈索尔的酒馆和杰克·马

在亨比附近尘土飞扬的小镇霍斯佩特,我搭乘夜行快车前往班加罗尔。这是一座不断膨胀的 IT 城市,到处施工,寸步难行。我没有耽搁太久就改坐巴士,前往古都迈索尔。

亨比是村庄,班加罗尔是都市,而迈索尔恰好位于两者之间,是一个拥有八十多万人口的小城。或许你会说,八十多万人口也算小城?在很多国家可能算不上,但在印度,这已经是让人心存感激的规模。

1947 年以前,迈索尔作为瓦迪亚尔帝国的首都长达近六个世纪。印度独立后,帝国成为印度的一个邦,而首府的职责交给了班加罗尔。迈索尔得以作为一个历史城市,悄然存续下去。这里感觉上和奈良有点相似,居民的受教育程度颇高(识字率 82.8%,比全邦平均 67% 的识字率高出许多),很多东西也都保留着往昔的面貌。

迈索尔是一个可以散步的城市。马路上固然也有横冲直撞的摩的、不断鸣笛的轿车、闲庭信步的水牛,但不像孟买或瓦伦纳西那样可怕。

在印度散步,即便不考虑炎热的天气,也是极为奢侈的事。出于享受奢侈品的心理,我在迈索尔的大部分时间都选择步行。

迈索尔的另一大惊喜是有很多酒馆。如你所知(不知也没关系),由于宗教原因,酒在印度不是随便哪里都能买到。相比北印,在南印买酒尤其困难,有些邦甚至全邦禁酒。

我开始以为,几天不喝酒没什么大不了,可在亨比禁酒一周后,实在口渴得要命。我一边在迈索尔街头散步,一边怀念在孟买酒吧大口喝啤酒的情景。回想起来,上次喝到冰爽的啤酒,好像已经是很久以前的事了。

不知为何,迈索尔卖酒的地方出奇之多。那天傍晚,参观完迈索尔皇宫,我正走得口干舌燥。所以看到小酒馆,心情就像在沙漠中看到了绿洲。

酒馆不大,菜单用粉笔写在黑板上。除了翠鸟啤酒和印度威士忌,还有牛肉和鸡肉咖喱供应。

在南印的一些邦,禁酒之外,也大都素食。牛更是被视为圣物。我曾在加尔各答的一家穆斯林餐厅吃过牛肉(但那里清真禁酒)。除此之外,在整个印度都没怎么见过卖牛肉的地方。然而,在这家迈索尔皇宫旁的小酒馆里,不仅能吃到牛肉,还能喝到酒。我着实有点震惊。

我点了啤酒和牛肉咖喱。咖喱有点咸,谈不上多好吃,但是其中包含了逾越禁忌的犯罪感。环顾四周,还有三个印度人在喝酒。他们都穿着有点脏的衬衫,喝着兑水的威士忌,眼睛已经喝得发红。因为印度的酒精税重,本地酒鬼只喝便宜的烈酒。

老板走过来,和我说了句什么,用的是当地的埃纳德语。

"对不起,你说什么?"我用英语问。

"哦,我还以为你和那个人是一伙儿的。"老板转为英语说。

"你说谁?"

"一个日本人。他也老来这里喝酒,能说一口本地话。"

"他是做什么的?"

"不清楚,"老板说,"好像是某个公司的驻印代表。"

那晚,那个日本人也来了。他穿着T恤和短裤,晒得很黑。一张嘴果然是一口流利的埃纳德土话。他的头发很密很硬,大概有三厘米长,全都直直地竖起来。看样子三十多岁。脸上有在海外久住之人的那种特有的神色。这个人并非混血,是彻彻底底的东亚人。

我看到他买了四五瓶啤酒,放在黑色的袋子里。老板又从后厨偷偷摸摸地拿出一个纸包,已经被油浸透了一些。从露出的部分看,好像是猪尾巴。

在南印,牛肉已经是禁忌,猪尾巴则更加等而下之。我甚至怀疑,会不会有宗教警察冲进来,将这个罪孽深重的小酒馆连锅端掉。

"那个日本人买的什么?"结账时,我忍不住问老板。

"猪尾巴,"老板小声说,"专门为他做的。"

"哪儿来的猪?"

"有人养。"

"达利特?"

老板不置可否,看上去不怎么想就此话题聊下去。

达利特(Dalit),是所谓的"贱民阶层",只有他们会养猪。

我几乎不吃猪肉,猪尾巴也无法引起欲望。不过身在海外,想吃某种在本国随处可见,但在这里却被视为禁物的心情是可以理解的——这就如同我想随时畅饮啤酒一样。

那个会讲埃纳德语的日本人,一定是多次光顾,并和老板混熟以后,才敢提出"无论多少钱,也想吃猪尾巴"的明确要求。老板虽然偷着做了,但是到底不敢让他堂而皇之地坐在店里吃,就连谈论起来也显得小心翼翼。

我走出小酒馆时,日本人和他的猪尾巴,都已消失在神圣的街头。

在迈索尔火车站,我遭遇了一次抢劫,不过损失不大。

我正在等待前往马杜赖的列车,在餐厅点了咖喱和麦饼。一个看上去有点无赖的印度小哥,跛着脚从我桌边走过,一伸手拿走了我的麦饼。

在印度旅行,要考虑的事情太多,也许因此我才放松了对麦饼的警惕……我的手机也放在桌上,不过他没有拿。他想必知道,如果是手机,我肯定会追出去,但为了一块麦饼,我是不会大动干戈的。他走得相当若无其事,虽然跛着脚,但是步履轻松,就像天气晴朗的午后,吹着口哨走在公园里一样。

我笑着摇摇头。坐在我旁边的年轻人,却提出要把自己的麦饼分给我。他为刚才的一幕道歉,好像错误是他造成的。我好言谢绝。一来,我不可能要他的麦饼;二来,他看上去也并不富裕。

年轻人叫杜非(Doufi),是班加罗尔一家公司的出纳员。他看起来心事重重。问过才知道,他刚回迈索尔附近的农村老家,参加完未婚妻的葬礼。

悲剧是这样发生的:一辆卡车因为速度太快,在转弯时失控,撞到了正走在路边的未婚妻。等把人送到医院时,已经没气了。

杜非是村里唯一的大学生,在班加罗尔读完大学后找到了工作。如今,他和几个人一起合租,他那间是储藏室隔出来的,只有 6 平米。每月租金 1200 卢比,相当于人民币 120 块钱。对杜非来说,这是一笔很大的开支,因此他必须努力工作。

和大多数坐火车的印度人一样,杜非没有任何行李。他唯一随身携带的是一个诺基亚黑白屏手机。他原本打算买一台智能手机,但因为未婚妻家几乎没有积蓄,他用那笔钱办了葬礼。

"我希望她能一路走好。"他说,"晚上,我会看着天上的星星,知道有一颗是她。"

为了转移悲伤的话题,我问他觉得现在的工作怎么样?

他说很辛苦,而且上司总是挑三拣四,他不知道自己还能撑多久。

"如果辞职了会回老家吗?"我问。

杜非说,如果回老家,他不可能找到别的工作。他的父母是农民,他们也无法理解一个大学生为什么要回到农村。那样的话,当初读大学还有什么意义?

"这一点和中国很像,"我说,"中国农村的父母也会有这样的想法。"

就是在这时,杜非告诉我他的偶像是杰克·马。

"谁?"

"Jack Ma,中国的比尔·盖茨。"

我这才反应过来,他说的是马云。我问他为什么崇拜马云。

"他和我一样是农村人,而且他打算来印度投资。"

我不知道是否如此,我对马云的出身和投资都不太了解。不过这是我在印度第一次听到有人崇拜一位中国企业家。

"南丹·尼勒卡尼①呢?"我问,"他是你的偶像吗?"

"不,他是有钱的婆罗门人家的孩子。"

"你有没有想过,自己以后会成为印度的杰克·马?"

"也许他的千分之一吧。"杜非笑了,似乎从痛苦中短暂地解脱出来,"我希望有朝一日,我坐在属于自己的办公室里。年轻人进来问我:'先生,这个怎么做?'于是,我指点给他看。"

5. 泰米尔的世界

离开迈索尔,火车继续向东南行驶,进入泰米尔纳德(Tamil Nadu)邦。

这里已经是印度的最南方,与印度北方的差异,就像广东之于华北平原。这种差异感,我在走出马杜赖火车站的一刻,就分明感受到了——那是一种置身"南印深处"的感觉。

要用语言描述这种感觉似乎不太容易。究竟是哪里

---

① 南丹·尼勒卡尼(Nandan Nilekani):印度著名企业家,前 Infosays 公司总裁。

不同呢？空气？阳光？还是城市的氛围？我想，最主要的还是人的不同。

泰米尔人属于达罗毗荼人种——肤黑、鼻塌、唇厚，身材要比印度北方人矮小。他们所说的语言是泰米尔语，与印地语没有任何亲缘关系。达罗毗荼人是印度次大陆的土著。在雅利安人入侵后，他们逐渐向南迁徙，并且流散到斯里兰卡和斐济等地。

几年前，我也去过一次泰米尔人的领地。那是泰米尔猛虎组织活跃的斯里兰卡贾夫纳地区。常年的战乱早就将那里撕裂得千疮百孔。我至今记得自己坐在大巴上，窗外只有大片大片的荒地和战火中遗弃的村庄。

贾夫纳是泰米尔人的边疆，而马杜赖则是"泰米尔的灵魂"。这里自古就是重要的泰米尔贸易站，如今仍然有贸易站的繁荣和忙乱。

街道两侧尘土飞扬，但是店铺林立。走过去发现，同一条街上卖的都是大致相同的东西。有一条街卖的全是印度教法器，另一条街卖的是五金，还有一条街是卫浴用品……想做批发的商人必须逐店询价，而老板的重要工作就是陪客人在店里喝茶。我不时看到跑腿的小孩，提着奶茶外卖在街上飞奔。

店铺的名字起得很有特色，大都是"某某人和他的儿子"这样的名字。可见，店铺已经开了漫长的岁月，而门面也充满了破败感。我怀疑有些店铺自打开业,就从来没有重新装修过。招牌的字体十分古老,柜台的每一寸表面都沾满了陈年的污渍。

有的店里坐着一个老头,于是你想:这应该是某某人;有的店里坐的是一个年轻人,于是你想:此人肯定是某某人的儿子。这正是印度的迷人之处:一种生命的延续感。

马杜赖就像一座没有屋顶的巴扎,处处喧嚣。唯一拥有静谧之感的只有米纳克希神庙——马杜赖的象征。

从北到南,我看过不少印度教的神庙,但至今难忘的无疑是米纳克希神庙。如果做一个不太恰当的类比,米纳克希神庙拥有哥特式的高大尖顶,洛可可式的繁复雕饰,拜占庭湿壁画的鲜艳色彩。这一切都将印度教的建筑美学表现到了极致。

鸽子在神庙的尖顶四周盘旋,鹰则在更高处的天空。风吹过庭院中的池塘,晃动着塔影。很多人在转塔。男人裹着围腰布,女人穿着纱丽,几乎包括了所有年龄层。

一个白衣老者告诉我,他就住在一街之隔的庙外,每天都会来庙里坐坐,"已经大半个世纪"了。

我问他是否会说印地语。

"不会,先生,"他有点自豪地表示,"只会泰米尔语和英语。"

泰米尔人主要信奉湿婆,这在马杜赖的街头可以看出。在老城闲逛时,我不时在路边的墙上看到小小的神龛,里面供奉的要么是湿婆,要么是他的胖儿子——象鼻神毗那也迦。

路边神龛往往非常简陋,神像前点着一盏油灯。夜幕降临后,油灯的火苗会像蛇芯子一般跳动。

简陋的神龛有时也会发展成小庙。当人们相信某个神龛周边存在着强大的力量时,就会集资修建起相对正式一些的小庙。小庙没有大庙的奢华,但是安装了电灯、电扇和自来水。为了便于清洁,墙上铺着常在厕所中使用的白色瓷砖。有些时候,还会有一位婆罗门僧侣负责照看。

婆罗门僧侣留着特别的发髻,戴着传统的金耳环,一条神圣的棉线斜穿过赤裸的胸前。额头上画着某种图案,象征着对湿婆的忠贞。我与路边小庙里的一位婆罗门僧侣耶尔聊了几句。出乎意料的是,作为最高种姓婆罗门,他也有不少烦恼。

耶尔告诉我,如今越来越多的婆罗门需要掩饰自己的种姓。他们或许暗地里还保持着对饮食的挑剔,但是上街时更愿意穿上普通人的衣服,避免被外人看出身份。

"因为种姓制度取消后,社会上出现了一种反婆罗门的情绪，"耶尔说，"人们甚至会因为你留着这样的发髻，穿着这样的衣服而嘲笑你。"

作为婆罗门僧侣，耶尔不能吃任何根茎类植物，包括洋葱、大蒜和豆类。饮用水必须从井里或地下打出，不能喝自来水。旅行中，水不能放在塑料或不锈钢的容器里，而只能放在银器或黄铜器皿里，并以丝绸包裹。假如他在白天睡觉，那么进入神庙前必须沐浴；假如他乘坐了公共汽车，回家后必须沐浴。

实际上，耶尔尽量避免乘坐公共汽车，因为"坐在旁边的人可能刚参加完葬礼"。从宗教的角度讲，那是不洁净的。显然，现代交通方式没有给耶尔这样的婆罗门僧侣带来任何便利。除非他有钱买一辆汽车，或者像耶尔那样退而求其次——买一辆自行车。

耶尔的自行车停在街角，他每天骑着前往不同的神庙。他没有工资，没有医保，主要的收入来源是信徒的捐赠。他每月能拿到一万多卢比，合人民币一千多块钱，但是很大一部分要用来交付房租。他需要宗教意义上的洁净住所，无法同别人合租。

"很多婆罗门不再做僧侣了，"耶尔说，"他们会上大学，找一份办公室的工作，平时穿着衬衫和裤子。"

"你呢？"

"我的一生，"他用执着的口气强调，"就是侍奉神明。"

黄昏降临了。从路边经过顺便进来的信徒开始增多。耶尔也将白瓷砖和湿婆像擦拭干净,点燃了油灯,坐下来等待供奉。他小声地念着咒语,摇着铃铛,空气中荡漾着灯油和檀香的味道,有一种神秘而昏暗的气氛。

整个马杜赖,整个印度,信徒们都在大大小小的神庙中进行着类似的礼拜——日复一日,年复一年,几千年来,不曾改变。即便写这篇文章时,我似乎仍能闻到小庙中那股檀香的味道,看到在风中舞蹈的火苗,舔舐着耶尔的轮廓。那几乎成了马杜赖留给我的明信片一般的印象。

6. 母亲和乌托邦

来到印度后,我开始用手吃饭。

印度人告诉我,用手吃饭才能尝出咖喱的本味,否则吃进嘴里的只是"勺子的不锈钢味"。进入泰米尔纳德邦后,我更是被剥夺了用盘子的权利,开始在大芭蕉叶上吃饭。

走进泰米尔的传统餐厅,侍者会把一张大蕉叶铺在你的面前,然后把米饭、几样咖喱放在蕉叶的不同位置上。你需要用手指将米饭和咖喱搅拌在一起,再一口一口地送进嘴里。每个人面前——无论年龄、阶层,穿裤子还是穿围腰布——都是一张大芭蕉叶。人们低着头,用灵巧的手指搅拌着咖喱,轻松地一掬,送到嘴里,不时甩甩手,把粘在指间的饭粒甩回芭蕉叶上。那情景可以说十分有趣。

提着大桶米饭的侍者,在餐厅内来回溜达,不断给客人免费加饭。直到你打着赞美的饱嗝,把大蕉叶合上,意思是"多谢款待"。侍者这才将大蕉叶收走,同时递上一个盘子,上面放着一碗温水和两块柠檬。

我的一个朋友曾把这当成饭后柠檬水一饮而尽,结果一回酒店就狂泻不止。实际上,水是洗手用的,把柠檬汁挤进碗里,可以洗净手上的咖喱,指间还会留有柠檬的清香。

如果不把误喝洗手水的情况考虑在内,泰米尔餐厅的卫生状况堪称可歌可泣。旅行期间,我吃了各种食物,一次都没有中毒。

街头有很多卖鲜榨果汁的小贩,这点和印度其他地方类似。不同的是,卖西瓜的小贩更有艺术细胞。他们会将西瓜皮完全剖掉,将瓜瓤切成普洱茶饼一样的形状,一层一层地摞在摊位上,好似一座红色的印度教神庙。

这样摆摊的好处显而易见:景象足够壮观,甚至颇为诱人。但是他们似乎忘了天气炎热,东西本来就容易变质的残酷现实。加之街上尘土飞扬,苍蝇乱飞,没有瓜皮保护的西瓜瓤,完全暴露在外,尽管口渴,我也没敢买上一块。

我特意观察了旅馆附近那个卖西瓜的小贩。上午出门时有一车西瓜,晚上回来时也没卖出多少。我想,除了敢死队,大概谁也没有勇气吃这样的西瓜。这座形式主义的"西瓜神庙"将来的命运如何?也许,只能喂牛。

在芭蕉叶上充满野趣地吃了几天饭后,我还是很高兴能够再次用回像模像样的餐盘。经过一番辗转,我到了本地治理——泰米尔纳德邦的飞地。1954年以前,这里一直属于法国,返还印度后也由联邦直辖。从历史文化到规章政策的方方面面,都与泰米尔纳德邦不太一样。

本地治理是印度罕见的不太像印度的地方。这里仍然大量使用法语,包括路牌和政府机构的牌匾。街上有数量众多的波西米亚式店铺,贩卖手工艺术品和杂货。常驻的外国侨民很多,包括当年著名的法国夫人米拉·阿尔法萨(Mira Alfassa),当地人称为"母亲"。

与加尔各答的"母亲"特蕾莎修女不同,本地治理的"母亲"是一位"脱离了肉身"的乌托邦灵修主义者。1968年,她在离本地治理不远的奥罗新村(Auroville)修建了一座"黎明之城"。

本地治理分为法国区和泰米尔区。法国区位于海边,拥有干净的在印度绝无仅有的林荫大道和雅致的法式阁楼。我正是在一家法式阁楼改建的餐厅里,再次欣慰地用上了餐盘。那晚,我吃了用香料渍过的烤马鲛鱼和椰子浓汤,喝了久违的夏布利白葡萄酒。一边聆听窗外的海潮声,一边珍惜地小口呷着酒,感到了一种救赎。

或许因为习以为常,这一次在南印度旅行,我并未感到上次在北印度旅行时的那种"极度疲惫"。然而,一旦在惬意的环境中放松下来,疲惫感就像癌细胞一样迅速繁殖起来。

我在本地治理休整了数日,几乎只在法国区活动。我花时间在绿意盎然的街区漫步,累了就走进咖啡馆或画廊。我时常感到自己走在电影《少年派的奇幻漂流》的外景中——派的故乡正是这里。

本地治理有一条长长的海岸线,我喜欢沿着海滨大道漫步,让盐味的海风吹拂在身上。海边没有像样的沙滩,也不能游泳,海水冲刷着黑色的礁石,留下一串串白色的浮沫。我每天都会遇到一个卖气球的小贩。他很黑,很瘦,担着一根扁担,上面拴着很多气球。有一天,他终于凑过来问我要不要气球。

"5卢比,先生。"

我买了一只粉红色的气球,问他是不是吉普赛人。我几乎已经有把握分辨印度人和吉普赛人。一般来说,吉普赛人更黑、更瘦,说一口连印度人都难懂的方言。果然,卖气球的小贩是吉普赛人,住在离此不远的卡鲁瓦蒂库帕姆村。他告诉我,那里是一个巨大的露天垃圾场,堆放着本地治理的生活垃圾。

"我卖气球,"他磕磕巴巴地说,"老婆和小孩捡垃圾。"

"生活还好吗?"

他像印度人那样晃晃脑袋,表示肯定。

后来我在去金奈的路上经过了卡鲁瓦蒂库帕姆村。那片五颜六色的垃圾海洋着实令人惊叹。

卡鲁瓦蒂库帕姆村距离本地治理只有几公里,却是完全不同的世界。这让我对本地治理的法式风情,乃至这里蓬勃发展的灵修事业,都有了一些新的认识。

本地治理的灵修传统,是印度最著名的精神领袖之一奥罗宾多(Sri Aurobindo)开创的。

奥罗宾多一生传奇:他早年求学于英国剑桥,后来参加了反对英国殖民统治的地下活动,最终在本地治理成了一名灵修者,从事神秘主义、灵性和瑜伽的研究。

正是在这里,奥罗宾多遇到了他的法国崇拜者——"母亲"阿尔法萨。后者不仅成了他的接班人,还开创了奥罗宾多修道院以及更著名的"黎明之城"。

亨利·卡蒂埃-布列松（Henri Cartier-Bresson）曾为奥罗宾多和米拉·阿尔法萨拍摄过一张合影。照片中，两人坐在铺着豹皮花纹的大椅子上，头顶上方有象征宇宙的神秘图案。奥罗宾多留着大胡子，一袭白衣，袒露着肩膀。"母亲"则穿着纱丽，围着头巾。

据说，"母亲"收到过价值超过十万卢比的纱丽。在奥罗宾多去世、财政困窘的年月，她多次卖掉纱丽，为修道院募集资金。

20世纪60年代，"母亲"已经被信徒视为圣人。当时，欧洲各地爆发青年学潮，"母亲"决心建造一座自给自足、按需分配的乌托邦，让来自世界各地的人们——无论种族、国籍、贫贱——能够和谐地生活在一起。乌托邦的终极目标是消除货币，实现大同。

如今，这座"黎明之城"依然存在，人口2200人。我决定过去看看。

我打了一辆摩的前往，不久就进入了棕榈树、金合欢树和桉树的密林。密林间有一条红色土路，两侧是一些简易旅馆。乌托邦成立之初的任性招募时代早就过去了，现在想要成为"黎明之城"的正式居民，需要经过严格的审批。那些拥有一技之长的人，如工程师、程序员、有机农夫等,最受欢迎。对于仅仅是被乌托邦理念吸引,但缺乏谋生之具的人(比如旅行作家),最好的办法是在路边旅馆长租一间房。虽然不是"黎明之城"的正式居民,生活开销也要自己负担,但离乌托邦很近,方便成为免费志愿者。

旅馆里也住着一些有竞争力的工程师和程序员。他们住下来是为了考察"黎明之城"是不是真的适合自己。入籍是一个很严肃的决定。一旦成为正式居民,就肩负起了某种道德责任。随便退出的几乎没有,因为那会被视为对其他居民的严重伤害。

随着离"黎明之城"越来越近,骑着小摩托车的居民也逐渐增多。他们大都是戴着头盔、目不斜视、眼神极其平静(想必内心也是如此)的西方人。

在"黎明之城"的博物馆里,我看到了一份常驻居民统计。除了印度人和欧美人,这里还有几个日本人、韩国人和一个中国人。

我无缘见到这位中国同胞,不过听说她此前是一位全职太太,再之前是大学的社会学老师。如今,她在"黎明之城"教授羽毛球,副业是种菜。

对于乌托邦,我心中一直颇为矛盾。我欣赏理想主义的乌托邦情怀,但又对任何集体性的乌托邦充满疑虑。

在我的想象中,乌托邦一定要在相对寒冷的地方——苏格兰高地的小木屋或者梭罗笔下的湖畔。当然,必须得是一个人(或很少的人)。外面风雨凄凉,屋内的壁炉燃烧着木柴,边桌上还放着一瓶单一麦芽威士忌。看书看累了,就抬起头,看看窗外的荒野,看着雨点打在玻璃上。对我来说,乌托邦就是无条件地把玩恶劣环境,从而获得一种内心的澄澈。

这么看,"黎明之城"显然太热,也太大了。它占地二十多平方公里,还在不断扩大。目前最大的困扰是购置建设所需用地。

这里没有公共交通,我只好全靠步行。虽然骑着摩托车的居民"嗖嗖"飞过,但是没人会为了挣几卢比停下来。实际上,居民们大都觉得金钱没什么用。对拜金主义的厌恶,正是他们抛弃世俗世界,来到这里的主要原因。

路边没有卖饮料的小贩,也没有"西瓜神庙"。当我走到标志性建筑"灵魂曼荼罗"时,灵魂中对乌托邦的憧憬,多少因为又热又渴而受到了磨损。

"灵魂曼荼罗"是一个巨大的圆球,覆盖着金色花瓣状的圆片,酷似科幻电影中的宇宙飞船。每天清晨,"黎明之城"的居民都会来这里进行集体冥想。人们告诉我,这里存在"母亲"的原力,能够唤醒冥想者内心的灵性。

在这个炙热的午后,还是有二三十个西方人坐在一棵大菩提树下,正面对金球,闭目冥想。为了不干扰他们吸收原力,我轻手轻脚地从旁边绕过,然后围着"灵魂曼荼罗"转了一大圈。

正是以"灵魂曼荼罗"为中心,"黎明之城"的居住区、工业区、文化区等不同区域,呈辐射状发散出去,构成整个乌托邦世界的图景。

路上,我碰到了一个和我一样在转圈的美国人。他穿着一身麻布长袍,光着脚。如果不是他自己说起,我实在无法想象他之前是加利福尼亚一家科技公司的财务总监。五年前,他对硅谷生活幻灭了,于是辞掉工作,开始环游世界。他先后去了南美、非洲、东南亚,最后来到印度。

"人类正面临一场危机,"他对我说,"从恐怖主义、饥荒到朝核试验,全都是这场危机的表征。"

他的一些硅谷朋友已经开始储备粮食,购买枪支,建造避难所。一旦天下大乱,他们就打算躲到里面。不过,他觉得这不是办法。

"真正的出路在印度,"他说,"只有印度哲学能够解释目前的文明崩坏,提供一种超越性的解决方案。"

他一边走,一边滔滔不绝地讲着那套关于印度哲学的陈词滥调。

"所以你已经决定要搬到这里了?"我最后问道。

"我需要一个决断。"他一字一顿地说,像在念一句咒语。

所幸,"黎明之城"还没有最终取消货币,我得以用现金在一家咖啡馆买到了水和面包。

咖啡馆附近,有一片活动房似的简易宿舍。在新建设用地购置下来前,新加入的居民只能住在这里。透过纱帘,我可以看到屋内极简的陈设。我问美国人觉得怎么样。他说,物质条件当然比不上加州,但"这不重要"。

在"黎明之城",你很难听到憧憬或赞美之外的评价。人们更愿意相信自己确实找到了乌托邦,认为自己不同寻常的"决断"是一生中最正确的选择。很多时候,支撑人们坚持下去的就是这样一种信念。所以"黎明之城"究竟是不是乌托邦并不重要,重要的是"相信"这一信念本身。

离开"黎明之城",前往金奈的大巴经过卡鲁瓦蒂库帕姆村。我隔窗看到了壮观的露天垃圾场。

炎热的阳光下,布满垃圾的大地闪闪发光,如同一幅魔幻的末日景象。人们说"黎明之城"只可能存在于印度。除了印度,没有哪个国家可以接纳这样的实践。但是，乌托邦与地狱仅仅一线之隔的情景，大概也只会出现在印度。我甚至觉得，两者的并行不悖，各自的理所当然，才是这个国度的现实。

大巴进入空旷的原野，间或有印度教神庙打破单调的景色——那是另一种形式的乌托邦。在印度的这些日子，我已经数不清自己看了多少神庙，闻了多少熏香。我的脑子里满是神庙中裹着围腰布、穿着纱丽的男男女女的形象。贫穷、挣扎和古老的种姓歧视依旧无处不在，那些神庙都想在人们灵魂的缝隙中塞入这样一个观念：此生是可以忍耐的，因为还有来生。

我这样胡思乱想着，而大巴摇摇晃晃地驶向终点——金奈。

7. 金奈的傍晚

上午10点，金奈的气温已经接近40度，我只好待在旅馆里，等到黄昏时分再出门。

暮色中的城市，散落着殖民时代的建筑，陈旧而高大。我坐着摩的，穿行在老殖民建筑和更加破败的新建筑之间。

街上到处是人，喇叭声此起彼伏，但晚风是凉爽的。我渐渐产生一种强烈的感觉：在这个黯淡、破败的外壳里,坐落的不是金奈,而是那个更为古老的城市马德拉斯①(Madras)。它就像一件闻名遐迩的王冠,被人注视、议论、赞美和诅咒,如今已经落满灰尘。

在殖民时代,马德拉斯是整个南印的中心,1856年就有了第一条铁路。现在这里则是"印度的底特律"。女部长贾亚拉利塔(Jayalalithaa)执政期间,引进了福特、现代等数家大型车企入驻。虽然美国的底特律已经衰败,但这里凭借低廉的人力成本,想必可以继续繁荣下去。

来到金奈,最震惊的还是这里到处都挂着贾亚拉利塔的画像。这位曾经的电影明星,20世纪80年代从政,先后5次当选泰米尔纳德邦的首席部长。

在金奈的几天里,我看到过以她名字命名的平价餐厅,买到过印有她头像的矿泉水,更看到了无所不在的画像和海报。毫不夸张地说,在这个印度第四大城市,凡是能贴东西的地方,就一定会有贾亚拉利塔的海报。

那是一种铺天盖地的存在——旧海报上叠着新海报。不同的拍摄时间,不同颜色的纱丽,相同的是主角贾亚拉利塔。她的脑门上点着吉祥痣,双手合十,露出母亲一般的微笑。

---

① 马德拉斯:金奈殖民时代的旧称。

在崇拜者眼中,贾亚拉利塔是"阿母"。尽管从政期间,"阿母"数次因为巨额财产来源不明,受到检方指控,甚至还在狱中服刑。但神奇的是,人们完全不以为意。一等她顺利脱狱,或者仅仅是申请了缓刑,她就马上能够凭借巨大的威望,重新当选首席部长[1]。

在很多国家旅行时,人们愤愤不平,认为腐败是国家的毒瘤和耻辱。但在印度,情况似乎并非这样简单:在印度,受到过犯罪指控的政治家比没受过指控的,竞选获胜的概率高出3倍。在印度国会下院中,有高达34%的议员受到过犯罪指控,这个数字还在逐年提高[2]。

"为什么贾亚拉利塔犯了贪污罪,人们还要选她?"我问金奈人。

对此的回答大致有两种。一种是:"她能不坐牢,说明她有能力!"另一种说法是:"只有贾亚拉利塔能把事情办成。"

印度拥有世界上最复杂的官僚系统。要办成一件事通常需要漫长的时间。这也是为什么政治家们即便受到

---

[1] 2016年12月6日,贾亚拉利塔因心脏病突发去世,享年68岁。BBC报道说,数百名警察围住了贾亚拉利塔病逝的医院,防止数千名悲恸欲绝的群众冲进病房,看她最后一面。
[2] 详情参见 Milan Vaishnav 所著《When Crime Pays:Money and Muscle in Indian Politics》(2017)一书。

指控,等到真正定罪也需要十年以上。

政府在行使基本职能方面同样缓慢。我看到过一份统计:建造同样一座火力发电厂,中国需要两年,而印度需要五年。在如此微妙的社会,普通百姓更需要"能把事情办成的人"而不是"品德优秀的人"。那些以犯罪的方式,证明了自己有能力办成事儿的政客,反倒成了选票的宠儿。

贾亚拉利塔的威望建立在底层民众的支持上。尽管养子的一场婚礼就耗费数百万美元,又创下吉尼斯世界纪录的15万人参加,但她也的确办了很多好事,包括:向支持者免费分发笔记本电脑、电扇和香料研磨器;用黄金为贫困女性补贴嫁妆;出台法规为变性族群提供每月1000卢比的最低生活保障。

贾亚拉利塔还提出了泰米尔纳德邦2023年的发展愿景,许诺将居民人均年收入提高到1万美元,建设高质量的基础设施,让泰米尔纳德邦成为印度的知识中心和创新中心。

这一系列政策,都可能因为贾亚拉利塔的去世而化为泡影。因此我能理解,为什么会有597位民众,听闻贾亚拉利塔去世后,悲伤过度而死;还有200万民众参加了贾亚拉利塔的葬礼,哭泣着为其送行。

贾亚拉利塔的遗体,放在檀香木做成的棺材中,埋葬在金奈的马里纳海滩。那个海滩我也去了,并且看到了受惠于贾亚拉利塔的变性舞者——海吉拉①。

金奈的发展与马里纳海滩息息相关。正是从这里,英国东印度公司开始了对马德拉斯的殖民。1914年,德国的"埃姆登"号巡洋舰炮击了港口的储油罐,让马德拉斯成了"一战"中唯一遭受攻击的印度城市。

路易·拉夫(Louis Ralph)的电影《埃姆登巡洋舰》讲述了这样一个插曲:在袭击马德拉斯前,"埃姆登"号劫掠了一艘印度货轮,船上只有150箱香皂。消息传到印度后,香皂公司灵感大发,在加尔各答的《帝国报》上刊登了一则广告:

> 毫无疑问,德国巡洋舰"埃姆登"号知道"印度河"号上装载了150件西北肥皂公司出品的"极乐世界"牌香皂,所以进行了追击。现在,"埃姆登"号

---

① 海吉拉:又称"神的舞者"。在印度史诗《罗摩衍那》中,王子罗摩放弃王位,在森林中苦修14年。所有仆人全都离去了,只有一个被阉割过的仆人一直等到主人归来。这个仆人就成了海吉拉的始祖。传统上,一些男孩在10—15岁时通过正式的宗教仪式被阉割,之后成为海吉拉。她们的主要工作是在婚丧嫁娶的场合为主人祈福、驱邪避祸。作为变性人,很多职业对她们来说是封闭的。尤其在今天,海吉拉越来越成为弱势群体。很多海吉拉甚至吸毒,沦为娼妓。据统计,印度目前仍有100万海吉拉。

上的船员和他们的衣服都变得干干净净,香喷喷的了。你为什么不试试呢?

带着这样的心情,我发现马里纳海滩上同样充斥着类似的印度式顽皮。

海滩上没有一个人穿比基尼,但有很多穿着纱丽的女人站成一排,让海浪冲刷脚踝。这种事哪个海滩都有,但在马里纳海滩,已经发展成了一种自发性的集体行为。

这些女人中,有的是已经驼背的老太婆,有的是还没上学的小女孩。她们并肩站在一起,面对着大海,既不说话,也不动弹,只是提着纱丽的下摆,任由浪花冲击过来。她们只在浪头触及身体的瞬间,才微微地颤抖一下。

那像是一种入魔的仪式,仿佛所有人都在一场无法醒来的梦中。我在海边晃荡良久,而那些女人也一动不动地站了那么久。直到夜色沉沉,将她们五颜六色的纱丽完全吞没。

海边十分热闹,有各色人群。我遇见了三个海吉拉。

大概是海吉拉。穿着纱丽,化着妖冶的浓妆,但掩饰不住男性化的特征。我与她们擦肩而过时,她们一直盯着我,我突然意识到,她们可能是海吉拉。我转身,发现她们仍然在看我,于是我直截了当地问道:"可以拍照吗?"

"Money,Money!"个子最高的海吉拉说。其余两个像女人一样嬉笑,但显然不是女人。

"你们住在金奈吗?"

"对,不过我们明天去一个村子跳舞。"

"跳什么舞?"

她们笑得更开心了,上下打量着我。

我拿出100卢比,递给高个的海吉拉,然后做了个照相的手势。

"不行,200卢比。"她尖声说。

我又给了她100卢比。

"明天去看我们跳舞?"

"在哪儿?"

"一小时大巴。"

"太远了。"

"不远!"

"祝你们好运。"我微笑着,然后转身离开。

我听见她们在我身后笑着。其中一个还像揽客的女人那样,用压低的公鸭嗓喊了一句:"你要去哪儿?回来!回来!"

我走出海滩,打了一辆出租车。街上到处是睡在路边的人,还有女政治家无处不在的画像。只是这一切都像是古老舞台的布景,渐渐消失在灯光黯淡的剧场。

"去哪儿,先生?"司机问。

我报上了一家餐馆的名字。

车厢里响着欢快的泰米尔歌曲,晚风从摇下的车窗中灌进来。

我回想着这次旅行,从孟买的清晨到金奈的傍晚,并试图思考自己究竟看到了什么。我渐渐发现,那些吉光片羽最终只是一种难以用语言形容、像细沙一样沉淀在心底的东西。它们将随我一起离开印度,返回属于我的世界,返回那个旅行结束后终须回去的场所。

孟买

孟买

亨比

亨比

班加罗尔

本地治理

景栋

景栋

柏威夏寺

柏威夏寺

蒲甘

蒲甘

加莱拉港

长滩

洛博克

洛博克